Zum Frieden braucht es doch nur menschliche Würde und gegenseitige Achtung, so wie es in meiner Heimat vor dem Krieg war!

Das sagte ein Mädchen aus Bosnien

Liebe Leserin!
Lieber Leser!

Als „Kriegskind" hielt ich es für möglich, dass der Krieg eines Tages nur noch ein Wort in Erinnerung des Menschen fortleben würde. Das war eine illusionäre oder kindliche Vorstellung.

Resignation, Trauer oder gar Wut sind neue Empfindungen. Aber auch sie werden nicht helfen, Krisen und Kriege auf unserer Erde zu verhindern. Kinder und Jugendliche erleben den Verlust von vertrauten Menschen und häuslicher Geborgenheit intensiver als Erwachsene es tun. Sie schauen aber trotzdem voll Vertrauen auf uns und in eine friedvolle Zukunft.

Die Hoffnung, dass wir es doch schaffen könnten, wenn wir uns nur rechtzeitig erinnern, die haben mir Kinder und Jugendliche aus Kriegs- und Krisengebieten zurückgegeben. Deshalb habe ich ihre und meine Kinder-im-Krieg-Geschichten aufgeschrieben.

Ihre

Heike Hagenmaier

Die Fliederlaube

Bibliographische Information der Deutschen Nationalbibliothek. Die deutsche Nationalbibliothek verzeichnet
diese Publikation in der deutschen Nationalbibliogra-
phie; detaillierte bibliographische Daten sind im Internet
unter http://dnb.d-nb.de abrufbar.

Neuauflage April 2017
Printed in Germany by BoD Norderstedt

ISBN 978-3-930763-49-8
ISBN e-book 978-3-930763-50-4
Die Hörbuch CD erhalten Sie nur im Text-Bild-Ton Ver-
lag.

Impressum:
Text-Bild-Ton Verlag Heike Hagenmaier
Rögen 2, 23730 Sierksdorf.
E-mail: heike-hagenmaier-tbt@t-online.de
Layout: Heike und Martin Hagenmaier

Inhalt

EINE SCHWALBE
MACHT NOCH KEINEN SOMMER

Wenn es wieder Mai wird, erinnere ich mich an warme Frühlingstage, an heitere Pfingstfeste in Urgroßmutters Fliederlaube.

Ich schließe die Augen und rieche diesen geheimnisvollen Fliederduft. Urgroßmutters Bild erscheint vor mir, wie sie den über uns kreisenden Störchen zuschaut, die zurückkehrenden Schwalben begrüßt, immer auf den Frieden wartet. Alle redeten nur noch vom Frieden und wie alles gewesen war, früher. Früher, da war ich noch gar nicht geboren. Aber diese Fliederlaube hatte es lange vor mir und auch vor Urgroßmutters Geburt gegeben. Sie erzählte von Friedenszeiten.

Wenn wir wieder Frieden haben, dann werden wir auch alles andere haben - so begann jede Unterhaltung in der Fliederlaube. Wir können uns satt essen, Pfingsten wird es Spargel, frische Kartoffeln und Schinken geben, sagten sie und jeder zählte noch mehr und immer wieder neue Speisen auf.

Der Friede erschien mir wie ein Fest oder ein einziger Festschmaus zu sein, mit Gaumengenüssen, die ich noch gar nicht kennen lernen konnte. Oder war der Frieden wie ein Zugvogel, der kommt und auch immer wieder wegfliegt?

Jetzt war es längst Frühling, aber der Zugvogel Friede war immer noch nicht heimgekehrt. Es gab nicht mehr viel zu essen und Kleidung auch nicht. Im Winter hatte mir die nette Frau aus den Säcken mit den Kleiderspenden sogar echte Ledersandalen herausgesucht. Sie waren viel zu groß, aber da hatte sie zu meiner Mutter gesagt: „Weil wir überhaupt keine Kinderschuhe haben, kann die Kleine diese Sandalen mitnehmen. Ein bisschen zu reichlich, aber das ist ganz vorteilhaft!" Mutter hatte genickt und gemeint: „Dann kann sie die Sandalen sogar auch noch im nächsten Sommer tragen!"

„Na, das will ich nicht sagen. Die Kinder wachsen in diesem Alter ja schnell!" Sie hatte mir diese viel zu großen Dinger angezogen, mit dem Kopf gewackelt und dann schließlich zu mir gesagt: „So, meine Lütte. Jetzt müssen wir 'mal ganz genau gucken, ob wir wenigstens passende Söckchen für dich finden."

Die Söckchen waren viel zu klein, aber ich hatte schnell die Zehen eingezogen. Als wir uns bedankten, hatte sie gemeint: „Ein bisschen knapp sind die ja, aber es wird sicher bald Frühling. Dann musst du gleich deine neuen Söckchen und die Sandalen anziehen!"

Jetzt war doch Frühling! Urgroßmutter hatte auch schon wieder Geburtstag gehabt. Alle hatten wochenlang nur noch vom 7. Mai 1945 geredet. Das war gestern gewesen, und die vielen Gäste waren schon wieder weggefahren.

Gestern und heute! Ich saß mit schlechter Laune auf den Stufen einer mit Brettern vernagelten Ladentür. Eine hübsche Kaffeekanne lachte mich an, und ich steckte ihr die Zunge heraus. Es gab ja gar keinen Kaffee zu kaufen, nicht einmal auf Urgroßmutters Geburtstag hatte es ganz richtigen Bohnenkaffee gegeben. „Nur Muckefuck, die echten Bohnen denken wir dazu!" hatte Oma gescherzt. Aber ich durfte meine neuen Söckchen natürlich nicht anziehen! Kniestrümpfe und meine schönen braunen Ledersandalen konnte ich nun tragen.

Heute hatte meine Mutter schon wieder mit bedeutungsvollem Blick gesagt: „Eine Schwalbe macht noch keinen Sommer!" Ich schaute auf die Schwalben, die vom Hafen her durch die Deichstraße flogen und alles zu begrüßen schienen. Ich überlegte, wo sie wohl so lange gewesen waren, und was Mutter damit gemeint hatte. „Wenn die Schwalben wiederkommen, dann kommt auch der Frieden zurück!" Das hatte Urgroßmutter doch zu den Gästen gesagt, und dann hatten alle gemeint: „Dieser verdammte Krieg muß doch endlich 'mal zu Ende gehen!" Wie immer hatte Urgroßmutter darauf geantwortet: „Langsam mag ich auch nicht mehr, einhundertundfünf lange Jahre, so viele Kriege, so viele Tote..."

Mutter war hübsch angezogen gewesen und hatte ganz laut zu Tante Liese gesagt: „So einen hohen Geburtstag feiern wir sicher nicht zweimal in unserer Familie!" Damit war für alle das Thema Krieg erledigt gewesen. Aber zu mir sagte meine Mutter nur ungeduldig: „Nun hör' endlich mit dem Betteln auf. Söckchen ziehst du noch nicht an. Meinetwegen die Sandalen, wenn du denn unbedingt gleich wieder krank werden willst."

Bei diesem Gedanken wurde mir immer noch ganz unheimlich zu Mute. Denn Urgroßmutter, Oma. Tante Liese, Mutter und auch ich, alle waren sehr krank gewesen. Die Gäste hatten auf Urgroßmutters Geburtstag immer wieder von einem Wunder gesprochen, und dass die alte Frau und die lütje Deern, damit war ich gemeint, nicht an der Ruhr gestorben waren. Es hatte viele Tote gegeben, auch bei uns in der kleinen Stadt an der Elbmündung. Nein, noch einmal wollte ich nicht so krank werden. Ich schaute auf die Schwalben, die ganz tief über den Marktplatz flogen. Sie kamen fast bis vor meine Beine, drehten dann aber ab. Ich lauschte, sah nachdenklich auf meine alten Kniestrümpfe und die neuen Sandalen.

Ich streifte sorgfältig mit dem Zeigefinger den Staub von den Lederriemchen ab, und mit ein wenig Spucke polierte ich nach.
Plötzlich brauste etwas herab, wie lautes Schwirren von großen Vogelschwingen kam es von unserem Kirchturm herunter. Ich hatte Angst, ich duckte mich. Dann rannte ich über den Marktplatz hinweg und gleich in die Flethstraße hinein! Ich kam außer Atem vor meinem Großelterhaus an. „Jetzt ist Frieden" sagte meine Oma. Aber Opa schüttelte den Kopf, er wollte es nicht glauben. Der Krieg sollte tatsächlich zu Ende sein?
Er schaltete den Volksempfänger ein und murmelte nach einer Weile: „Nur Waffenstillstand oder Kapitulation..."
Meine Oma schüttelte den Kopf und betonte jedes einzelne Wort: „Endlich Frieden, und du hast gerade die Friedensglocken gehört!"

DRUCKEREI AUGUSTIN

Paulus saß steif auf dem alten Stuhl in Onkel Johannes Werkstatt. Er dachte darüber nach, was er in der Druckerei Augustin heute Mittag gehört und gesehen hatte. Er schloss die Augen und sah wieder, wie sich die Druckmaschinen geheimnisvoll bewegten und noch viel geheimnisvollere Schriftzeichen aufs Papier druckten.

„Das ist chinesisch!" hatte der Mann ihm erklärt und ihn vielsagend dabei angeschaut. „Kannst du das lesen?" Paulus runzelte bei dieser Erinnerung die Stirn. Er hatte den Drucker höflich angelächelt, war aber schnell weggegangen. Als er sich an der Ecke noch einmal umdrehen wollte, ja, da wäre es beinahe zu einer Schlägerei gekommen..

„Verpiss dich, Schlitzauge!" hatte der Mann ihn angeschnauzt und ihn gegen die Schaufensterscheibe geworfen. Paulus hielt bei diesem Gedanken die Luft an. Wer weiß, was geschehen wäre, wenn die alte Frau Schult nicht gerufen hätte: „Sie Rassist, Sie! Lassen Sie sofort den Jungen in Ruhe!" Sie kam aus ihrem Gemüseladen gerannt, und alle Kunde waren gleichzeitig bei ihm gewesen.

Er hatte eine Tafel Schokolade von Frau Schult geschenkt bekommen. „Der kleine Asiate ist nämlich das Patenkind vom alten Tischler aus der Burgstraße", hatte sie einer erstaunten Kundin erklärt. „Er hat auch keine Familie mehr und in seine Heimat kann er nicht zurück, da ist wohl immer noch Krieg. Seine Mutter ist tot..." Aber diese Geschichte kannte er ja genau. Seine Mutter war eine von vielen Bootsflüchtlingen gewesen, die hier auf genommen worden waren. Er war noch ein Baby, als die Mutter plötzlich starb.

Paulus rutschte unruhig auf dem Stuhl hin und her. Der Hund legte die Schnauze auf seinen Schoß und sah ihn fragend an. Hier saß er nun schon seit einer Stunde. Bei Onkel Johannes fühlte er sich wohl. Mit ihm konnte er wirklich reden, ihn fragen. Aber heute wusste er einfach nicht, wie er es anfangen sollte. „Blöd!" murmelte er, „Lassie, der ist doch echt blöd, oder? Ich red' doch nicht Chinesisch, und der Typ hat doch selber ganz echte Schlitzaugen!"

Er streichelte zärtlich den Hund.

"Oder lange Haare, kurzer Sinn?" fragte Onkel Johannes und lachte freundlich. „Was heißt das denn?" fragte Paulus. „Eigentlich nur 'ne Redensart, sogar 'ne ziemlich dumme für einen alten Mann mit Vergangenheit," antwortete er verlegen.

„Und was heißt das?" Paulus war wie immer wissbegierig. Seitdem er in der großen Stadt die Internatsschule besuchte, verbrachte er seine Sommerferien bei Onkel Johannes. Er wollte möglichst immer alles ganz genau wissen. Er fragte seinem alten Patenonkel beinahe Löcher in den Bauch.

Paulus beobachtete den Hund. Er hatte ein langes Fell. „Ist Lassie ein alter Mann mit Vergangenheit?" Der alte Johannes lachte. „Du hast Ideen, Paulus! Es heißt Lassie, du lernst doch Englisch. Und sie ist erstens eine alte Dame und zweitens ein Collie oder ein schottischer Schäferhund! Das weißt du doch ganz genau!" Er nahm ein kleines Sägeblatt aus der Schublade und hielt es prüfend gegen das Licht. Paulus schüttelte den Kopf. „Sie heißt in Wirklichkeit doch Lassie! Das hast du früher immer selber gesagt! Lass Sie, Paulus! Das hast du gerufen!"

„Stimmt, wenn du wieder so wild mit ihr herumtobtest!"
Der Tischler lächelte.

„Was ist ein Collie, ist Lassie denn gar kein echter deutscher Hund, Onkel Johannes?" Paulus sah seinen Patenonkel aufmerksam an. Der alte Mann seufzte. „Ach, mein Junge, das ist nur ein Name für eine bestimmte Hunderasse, eine Züchtung, um ganz genau zu sein!" Paulus rutschte wieder unruhig auf dem Stuhl hin und her. Dann nahm er sich ein Herz und fragte: „Onkel Johannes, was ist dann ein Rassist, ist das denn auch ein Name für eine Züchtung?" Der alte Mann ließ erschrocken das Sägeblatt fallen.

„Wie kommst du denn in aller Welt darauf!" rief er. „Ja, weil die immer Schlitzauge rufen und selber echt blöd aussehen!" Paulus betrachtete jetzt den Hund. Johannes zog die Augenbrauen hoch. „So ist das also", meinte er „und weiter?"

„Der bei Augustin meint, ich kann Chinesisch! Ich bin doch kein Chinese. Was für eine Rasse bin ich? Frau Schult sagt, ich bin ein Asiat, was ist das?" „Ach, weißt du was, Paulus, ob Asiat oder Chinese, Afrikaner, Amerikaner oder Europäer, was sagt das schon?" „Na ja, das ist doch aber zu sehen, oder?" Paulus streichelte den Hund, „so wie bei deiner Lassie!" Johannes überlegte lange.

„Wenn du auch kein Chinese bist", meinte er schließlich, „sei einfach stolz, dass sie das glauben!" „Warum denn das", wollte Paulus fragen. Aber sein Onkel unterbrach ihn schon. „Die konnten bereits schreiben, als alle Augustins zusammen noch gar nicht hier lebten! Natürlich konnte da auch kein Augustin chinesische Bücher drucken, denn Gutenberg war noch nicht geboren! "

„Was bedeutet das, Onkel Johannes?" fragte Paulus ü-
berrascht. Aber der Tischler sagte nur: „Kultur und Geschichte fängt immer mit dem Aufschreiben an, Paulus.
Das musst du dir für immer merken, hörst du?" Der
Junge nickte. „Deutsch kannst du ja perfekt lesen", fuhr
der Patenonkel fort. „Du kannst ja mal im Lexikon nach-
schauen!"
Das ließ sich Paulus nicht zweimal sagen. Er rannte sofort ins Wohnzimmer und schleppte einen dicken Bü-
cherstapel herbei. "Soll ich dir vorlesen", fragte er etwas
atemlos. „Nur zu, ich höre!" antwortete der alte Mann.

WIEGENLIED

DER KRIEGSKINDER

Trockene Gräser wiegen im Winde
Fliehend Vögel singen dem Kinde
Endlich Frieden es doch werde
Deine Heimat, nur verbrannte Erde

Ferne Wolken ziehen im Winde
Wecken Sehnsucht in jedem Kinde
Grausam Krieg es niemals wieder werde
Gib uns Heimat auf fruchtbarer Erde

Satte Ähren seufzen im Winde
Alte Frauen summen jedem Kinde
Endlich Frieden es doch werde
Gib uns Heimat auf Gottes Erde

BEFRAGUNG

Die neusten Nachrichten über die Kriege ganz in unserer Nähe machten alle betroffen. Wie können wir friedlich Frieden machen helfen - was können wir tun? Wir wollen uns das nicht länger bieten lassen, darin waren sich schließlich alle Konfirmandinnen und Konfirmanden einig gewesen. Irgendwer muß auch bei uns im Dorf anfangen. Da waren sie schon mittendrin im friedfertigem Friedenschaffen. Sie hatten sich einen Friedensplan ausgedacht. Gleichzeitig wollten sie auch Eltern, Großeltern und Nachbarn befragen. Die Frage sollte lauten: Wie kommt es eurer Meinung nach immer wieder zu Krieg. Die Zwillinge Peter und Klaus hatten einen schriftlichen Pax-Plan entwickelt. Jeder Haushalt sollte befragt werden. Sie konnten es nach der Schule mit dem täglichen Zeitungsaustragen verbinden. Zuhause konnten sie schon anfangen. Ihre Uroma hatte zwei Weltkriege miterlebt, Großmutter berichtete von 1933 bis 45. Beim Abendbrot fragten sie den Vater nach seiner Meinung. „Mit der Befragung werdet ihr wohl wenig Glück haben", meinte er. „Warum das?" fragte die Uroma erstaunt. „Ganz einfach! Nachmittags ist doch niemand Zuhause!" Oma schüttelte verständnislos den Kopf. „Wieso nicht, bei uns im Dorf ist doch fast überall jemand im Haus!" „Niemand ist da, ihr braucht gar nicht zu klingeln!" sagte der Vater. Peter und Klaus antworteten gleichzeitig: „Da ist immer jemand, zumindest die Oma!" „ Ja, nur Frauen, was verstehen die denn von Politik?"

Mama Muh

Jeden Nachmittag fuhr er mit dem Rad bis an den Stadtrand. Dort standen Kühe auf einer Weide direkt am Radweg. Auch heute kamen sie gleich gelaufen. Er hatte wie immer ein paar Scheiben Brot mitgebracht. Es sah fast so aus, als ob die Kühe schon auf ihn warteten.

Er stieg vorsichtig vom Fahrrad, er musste noch immer aufpassen, dass er nicht stürzte. Auch an seine Beinprothese musste er sich noch gewöhnen. Alles ging schon ganz gut und niemand bemerkte etwas. Dann stellte er sein Rad an den Zaun. Er bewunderte wieder den Eichenpfahl. Er strich zart über das Holz, schloß die Augen und lächelte. Da stieß eine Kuh seine Hand mit der feuchten Nase an. Er lachte und griff in seine Anoraktasche. Alle drängelten und wollten gleichzeitig von ihm gefüttert werden. Jede kam an die Reihe. Was für ein weiches Maul sie hatten, so sanft nahmen sie die kleinen Stückchen von seiner flachen Hand. Sie sahen ihn mit blanken Augen an, was für lange Wimpern sie hatten. „Mama Muh!" flüsterte er.

Danach schob er sein Fahrrad und die Kühe kamen hinterher. Jeden Tag ging er bis zu den großen Steinen, stellte sein Fahrrad ab und kletterte vorsichtig über den Stacheldrahtzaun. Die Kühe schlugen mit ihren Schwänzen, die Fliegen blieben aber unermüdlich in ihrer Nähe.

Dann saß er auf den Steinen und schaute den Zugvögeln zu. Auch sie kamen und gingen wieder, alles hatte seine unergründliche Ordnung. Er war traurig und glücklich zugleich. Die Kühe weideten zu seinen Füßen, und er dachte an Zuhause.

STRAßE DER ANGST

Es war Sommer. Die Luft duftete nach Weintrauben, die in meiner Heimat so reichlich wachsen. Ich sah den schönen Sommertag, aber die Angst in meinem Herzen war so stark, dass ich ihn nicht fühlen konnte. Es gab nur noch einen Gedanken. Er besetzte alles: Krieg.

Unter unserem Haus verlief die Hauptstraße. Vor dem Krieg konnte man von einer Stadt zur anderen fahren oder zu den kleinen Dörfern abbiegen. Da war immer viel Verkehr, auch an Feiertagen. Wir sind gesellige Menschen, haben viele Verwandte und besuchten uns gerne gegenseitig. Aber in diesem Sommer war alles anders.

Ängstlich blieben wir zu Hause. Diese Straße, die uns alle verband, nannten wir nur noch: Straße der Angst. An diesem Tage war es besonders schlimm. Ich konnte kaum noch atmen, schaute nur auf diese Straße:

Hunderte ziehen mit traurigem Blick an unserem Haus vorüber. Sie müssen ihre Häuser verlassen, nur, weil sie keine Serben sind. Die kleinen Kinder verstehen es nicht, sie schauen verwirrt von ihren hilflosen Eltern zu den bewaffneten Soldaten. Ihr Weg führte sie an meinem Elternhaus vorbei und weiter ins Unbekannte.

Am nächsten Tag mussten wir unser Haus verlassen. Wir nahmen nur das mit, was wir am Körper tragen konnten. Jetzt gingen wir auf der Straße der Angst ins Unbekannte. Aber ein letzter Blick auf unser Haus machte mir Mut, weiterzugehen, zu überleben. Die ersten Monate waren für mich wie ein böser Traum.

Jetzt leben wir in der Fremde mit einer fremden Sprache.

Aber ich hatte Glück, die Lehrer und Mitschüler haben mir dabei geholfen, mich schnell zurechtzufinden. In meinen Gedanken bin ich oft bei den Freunden, Verwandten und in der vertrauten Umgebung. Ich denke viel nach und frage:

Warum mussten wir alles verlassen, und warum gibt es den Krieg? Zum Frieden braucht es doch nur menschliche Würde und gegenseitige Achtung, so wie es in meiner Heimat vor dem Krieg war.

Aber ich glaube fest daran, dass auch dort bald alle Menschen wieder nach alter bosnischer Tradition in Frieden miteinander leben können.

STRAßE DER ANGST - AUS BOSNIEN

Diese Geschichte ist nacherzählt

Namen, Orte, persönliche Daten werden wegen der Kriegssituation und um Angehörige nicht zu gefährden, nicht genannt oder sind frei erfunden.

EIN BEIN

Ein Bein, das ist besser als gar kein Bein, sagte sie. Aber ich will mein Bein wiederhaben, rief Vater.

WAS IST EIN MANN MIT NUR EINEM BEIN...

Ein Mann, antwortete meine Mutter. Ein Arm und nur ein Auge, das ist besser, als wenn du gar nichts mehr sehen kannst, sagte sie eine Woche später zu meinem großen Bruder. Was ist ein Junge mit einem Arm und fast blind, schrie er. Ein Junge, der nun viel genauer hinschauen muß, flüsterte meine Mutter. Ich bin nur noch wütend auf den Krieg, brüllte er sie an. Dann weinte mein großer Bruder. Viel besser ist, du behältst auch weiterhin deinen kühlen Kopf, tröstete sie ihn. Sie saß eine Weile schweigend an seinem Bett. Plötzlich stand sie auf und ging fort.

„Zwei Beine, zwei Arme, ein winziges Näschen, schwarze Kulleräuglein und was fehlt nun noch? Mein Schwesterchen lachte und hielt sich die Ohren zu. Richtig, die kleinen Ohren, die immer alles hören!" „Noch 'mal!" forderte sie mich mit ihrer zarten Stimme auf, packte meine Hand. Ich tat ihr gerne den Gefallen. „Butterstoßer, Butterstoßer, und nun kommt wieder ein Mäuschen die Treppe hoch, klingelt, klopft an, guten Tag - Madame!" Diese alten Kinderspiele hatten schon unsere Vorfahren aus Deutschland mitgebracht. „Noch einmal!" kicherte meine kleine Schwester, und ich ließ das kleine Mäuschen wieder an dem pummeligen Ärmchen hochsteigen. Als unsere Mutter endlich wiederkam, da spielten wir immer noch. Sie lächelte, ging in die Küche, sang traurige Lieder und kochte eine Milchsuppe. Als schon alle schliefen, da kam sie leise an mein Bett. Sie stand da und betete. Am nächsten Morgen sagte sie: „Zwei gesunde Beine und Arme, zwei freundliche Augen! Wir haben beschlossen, du brauchst das alles noch! Besonders aber deinen Kopf!"

Sie hatte Geld bei unseren Verwandten gesammelt. Bis die Kämpfe bei uns eingestellt sein würden, solange sollte ich in Deutschland warten. Es würde schon nicht so lange dauern und keinen Krieg geben. Ich sei ja auch noch viel zu jung zum richtigen Kämpfen und Sterben. Aber niemand dürfe von der Reise nach Deutschland erfahren. Ich hörte mir alles an. Wenn meine Mutter das so wollte, dann tat ich es. Ich nickte, dann beteten wir, und sie schenkte mir diese Bibel.

Ich ging eines Nachts zusammen mit zehn anderen Jungen und Männern auf die Reise. Es war eine lange und geheimnisvolle Fahrt, und nicht alle kamen über die deutsche Grenze.

Krieg ist in meiner Heimat, und ich kann nicht begreifen, weshalb sie sich nicht friedlich einigen können. Ich schaue zu, ich kann die Berichte im Fernsehen verfolgen. Ich möchte keine Sendung versäumen, vielleicht lerne ich dadurch auch noch schneller die deutsche Sprache. Ob ich mich hier freundlich aufgenommen fühle? Ja, alle waren sehr nett zu mir.

Alle? - Ja, wirklich alle!!

DIE SCHLANGE

Ich konnte gar nicht lesen, aber das machte nichts. Ich wusste genau, das waren - Kinokarten.

Sie lagen alle zwischen dem Trümmergestein. Sie waren nicht entwertet, denn dieses kleine Dreieck mit der Aufschrift war deutlich zu erkennen. Es war nichts ab- oder eingerissen. Daneben lagen auch noch andere Karten, sogenannte Bezugsscheine. Die wollte ich aufsammeln.

Ganz langsam, sehr vorsichtig stieg ich über die Absperrung, den Blick immer auf die Erde gerichtet. Alle hatten mir eingeschärft, dass ich immer nach Bombensplittern oder Tellerminen Ausschau halten sollte. Da lagen auch noch silberne Streifen zwischen den Kinokarten und Bezugsscheinen. Nur ja nichts berühren, dachte ich. Vielleicht hatten sie das heute Nacht abgeworfen.

An diesem frühen Morgen war es schon heiß, die Sonne leckte den Tau von den Steinen. Ich roch die Feuchtigkeit und sah, wie das feuchte Papier sich nach oben bog. Phosphorpapier würden sie abwerfen, so hatten die Jungen gesagt, damit wollten sie uns schon kleinkriegen. Was das bedeutete, davon hatte ich keine Ahnung. Ich wusste aber ganz genau, dass es lebensgefährlich war, hier mit bloßen Füßen über diese Kette zu steigen. Hoffentlich beobachtete meine Mutter mich nicht. Verstohlen sah ich zum Rathaus hin.

Das Fenster zur Amtsstube stand offen, aber sie war nicht zu sehen. Daneben war das Kino und hier lagen viele Karten. Ich wollte ja nicht ins Kino gehen, nur die Karten interessierten mich. Vielleicht konnte auch ich damit etwas kaufen oder tauschen. Wenn wir im Luft-

schutzbunker saßen, dann hatte ich immer ganz genau zugehört, worüber sich die Erwachsenen unterhielten. Kinokarten waren von hohem Tauschwert. Dafür konnte man manchmal bei den Fischern am Hafen eine ganze Kiste Knubbelkirschen, Schollen oder Frühkohl eintauschen. Wenigstens hatten das einige erzählt. Meine Mutter hatte warnend zu mir gesagt: „Die flunkern nur! Dass du dich ja nicht auf solche Sachen einläßt, hörst du?"
Aber heute früh hatte sie auch eindringlich gemahnt: „Denk daran, wenn du hörst, dass es auf Bezugschein irgendwo etwas Eßbares gibt, dann kommst du sofort aufs Amt und sagst mir Bescheid!" Das war ein deutliches Signal gewesen. Sie traute mir nun auch zu, dass ich tagsüber bestimmte Pflichten übernehmen konnte.
Ich war nämlich eine Träumerin und beobachtete eigentlich lieber Vögel und Schmetterlinge. Aber ich hatte auch Hunger, und wir hatten nichts zu essen. Mutter hatte mich angefahren, als ich zaghaft nach einem Stücklein Brot gefragt hatte. „Ich denke, du magst das Kommissbrot gar nicht", hatte sie gesagt und noch hinzugefügt: „Mir macht das auch keine Freude mehr, hungrig an meinem Schreibtisch zu sitzen und noch hungrigeren russischen Kriegsgefangenen Fingerabdrücke abzunehmen!" Dann hatte sie das blaue Blumenkleid angezogen, langsam die vielen Druckknöpfe zugemacht, geseufzt und noch mit einer Bürste und Wasser ihr schwarzes Haar glattgestrichen, wieder geseufzt und gesagt: „Mir ist vom Hungern schon ganz schlecht, dabei habe ich einen ganz dicken Bauch! Na ja, es hilft nichts, und vergiss nicht, wenn du was hörst..." Die Kirchturmuhr schlug. Ich schaute hin, zählte die Schläge und sah, wie die Sonnenstrahlen die Zeiger golden färbten. Es war genau neun Uhr und ich stieg langsam über die Kette,

setzte vorsichtig die Füße auf den Boden. Es geschah gar nichts. Ich sammelte so viele Kinokarten und Bezugscheine auf, wie ich in meine Schürzentasche stecken konnte. Dann schaute ich zum Rathaus. Ich sah, wie meine Mutter an den geöffneten Fenstern vorbeiging. Ich konnte sie deutlich erkennen. O, wie ich dieses Kleid liebte! Konnte sie es nicht jeden Tag anziehen? Die blauen Blumen und ihr schwarzes Haar leuchteten, und ich vergaß für einen Augenblick alle Vorsicht. Ich malte mir schon aus, was ich alles besorgen wollte. Natürlich ganz ordentlich im Laden, so wie es sich gehörte.

Die Frau reichte mir die Hand, und ich stieg zurück. Ich sah das Kopfsteinpflaster unseres Marktplatzes genau unter mir. Sie sagte: „So, und nun gibst du mir 'mal alles, was du da in der Tasche hast!" Ich tat, was sie verlangte. Sie gab mir einen Bezugschein und meinte im Weggehen: „Es soll heute Senf zugeteilt werden. Sauer macht lustig!" Ich sah ihr nach. Sie ging in die Deichstraße hinein, dann konnte ich sie nicht mehr sehen. Mutter hatte doch gesagt, ich sollte ihr gleich Bescheid sagen, wenn es eine Zuteilung geben würde. Ich rannte zum Rathaus. „Senf, Mutti! Es gibt heute Senf!" rief ich durch das offene Fenster. Der Lehrling kam gelaufen, lehnte auf der Fensterbank und lachte: „Senf, ach deshalb bist du so lustig! Na, dann viel Spaß!" rief er. „Wo soll ich denn hingehen?" fragte ich. „Wenn du eine Schlange siehst, dann bist du richtig", antwortete er und zeigte über den Marktplatz. Mutter war wohl gerade nicht in der Amtsstube, deshalb drehte ich mich um und lief einfach los.

Eine Schlange, was war denn das, was hatte die mit Senf zu tun? Ich ging ziellos durch die Stadt. Schließlich sah ich die Frau wieder, die mir meinen Fund abgenommen

hatte. Eilig rannte sie in Richtung Bahnhof. Ich lief hinterher. Da standen viele Leute an einem Lastwagen. Ich beobachtete, wie die Frau einige von den Kinokarten hochhielt und durch die Menschenansammlung drängte. „Komm hier her!" rief eine alte Frau mir zu. Wir standen lange an dem Lastwagen. Schließlich kam die Frau zurück und rief in die Menge! „Da gibt es heute gar nichts, nur Senf!" Sie ging schimpfend fort. Dann rief der Mann vom Lastwagen herunter: „Kinder und alte Leute, bitte hier her!" Die alte Frau stieß mich an und meinte: "Siehst du, unser Warten hat sich doch gelohnt!"
„Zeig 'mal deine Karte", forderte er mich auf. Ich erschrak, wenn er nun merkte, dass ich sie auf gesammelt hatte? Er gab mir schweigend ein großes Glas Senf und ein viertel Laib Kommissbrot.

-Nach-

✝

RUF

**MENSCH
GOTT**

FRIEDEN
- wir vermissen dich -

-Mädchen-Muttcr-Großmuttcr-Urgroßmuttcr-

Urgroßmutters
Fliederlauben - Tabakplantage

Urgroßmutter war eine äußerst praktisch veranlagte Frau. Sie hatte beschlossen: Wir werden ab jetzt Tabakplantagenbesitzer. Sie kannte sich mit Tabak- und Zuckerrohranbau aus. Sie war auf einer Plantage geboren worden und hatte dort auch als junge Frau gelebt. Das merkte man auch noch daran, dass sie gerne Zigarillos rauchte und dazu ganz starken und süßen Kaffe trank. Tabak, Kaffee und Zucker gab es aber nicht mehr zu kaufen. Urgroßmutter bedauerte, dass unser Garten so klein war. Sie hätte nämlich auch gerne selber Zuckerrohr angebaut. Aber da wusste Großvater Rat. Zucker würden wir spätestens im Herbst selber aus Zuckerrüben herstellen. Damit war Urgroßmutter einverstanden. Sie wollte den Tabak auch nicht selber rauchen. Bei diesem Gedanken konnte sie sich nur angewidert schütteln!

Sie wollte Tabakpflanzen ins Tulpenbeet setzen, die großen Blätter in der Fliederlaube zum Trocknen aufhängen, sie dann in kleine Stücke zerschneiden, Zigaretten und auch Zigarren drehen, diese dann für Legehühner und dauerhafte Lebensmittel eintauschen. Die Hühner würden Eier und Mist geben. Die Eier könnten von uns gegessen und natürlich auch gegen Speck getauscht werden. Mit dem Hühnermist könnten wir die Plantage düngen, so würden wir bestimmt gut und als ehrliche Leute über die Runden kommen. Sie sprach schon von einem Bombenumsatz und Großvater musste seine alte Zigarrenschachtelsammlung in Sicherheit bringen. Er stieg dazu auf den Dachboden, aber sie kam gleich hinterher und inspizierte alles.

Da gab es außer Opas Sammlung auch noch andere Schachteln und Kästen. Er musste alles in ihr Zimmer bringen. Von unten hörten Hänschen und ich, wie sie da oben umherging. Dann rief sie uns, und wir stiegen ganz schnell die steile Treppe hoch. „Wenn der Platz in der Fliederlaube nicht mehr ausreicht, dann könnten wir auch hier ganz vorzüglich eine richtige Tabaktrockungsvorrichtung anbringen!“ Sie erklärte uns genau, wie das zu machen war. Großvater war schon tüchtig in Trab und als er sich bei uns ausruhen wollte, spornte Urgroßmutter ihn mit den Worten an: „So ein junger Mann wie du einer bist, der braucht sich nicht auszuruhen. Nun mach' voran, es gibt noch genug zu tun!“ Sie kramte noch alte Fotoalben hervor und zeigte uns, wie eine richtige Tabakplantage auszusehen hatte. „Die Fliederlaube ist gar nicht schlecht“, meinte Hänschen. „Unter dem Weinstock könnten wir auch noch Tabak aufhängen!“ Aber da rief uns Großmutter zum Mittagessen herunter.

Sie war nicht begeistert. Sie wagte aber nicht, ihrer Mutter zu widersprechen. Meine Mutter war gar nicht abgeneigt, auch mit ins Geschäft einzusteigen. Als Urgroßmutter und Oma sich zum Mittagsschlaf zurückzogen, gingen wir in den Garten und schauten uns alles ganz genau an. Hänschen maß die Anbaufläche aus. Da, wo die Pflanzen stehen sollten, war ein Rosen- und Tulpenbeet. Das waren keine gewöhnlichen Tulpen und auch keine einfachen Rosen. Die Tulpen hatten die Holländer hier hergepflanzt, und die Rosen waren genau wie der alte Weinstock am Haus von den Portugiesen mitgebracht worden. Dieses alte Kaufmannshaus war nämlich einmal eine richtige Weinhandlung gewesen.

Großvater und Mutter schüttelten nun auch etwas bedenklich den Kopf. „Die schönen Blumen", meinte Mutter, „was machen wir mit denen?" Doch mein Opa wusste Rat, die Tulpen wurden ohnehin nach der Blüte immer herausgenommen, zum Trocknen aufgehängt und dann im trockenen Sand gelagert. „Wir können ein Stückchen von den Terrassenplatten wegnehmen, und die Rosen dort gleich einpflanzen!"
Das taten wir. Oma war nicht begeistert, aber Urgroßmutter lobte uns. Aber wo sollten wir nun die Tabakpflanzen hernehmen? Urgroßmutter war eine äußerst praktisch veranlagte Frau. Sie lachte nur über unseren Kleinmut. Sie liebte Blumen und Pflanzen über alles, sammelte überall Samen und Stecklinge. Deshalb hatten wir gar nicht bemerkt, dass sie die Pflanzen schon auf ihrer Fensterbank herangezogen hatte. Hänschen und ich trugen die kleinen Tabakpflanzen in den Garten. Die ersten sieben pflanzte Urgroßmutter persönlich ein. Symbolisch für gutes Gelingen sollte das sein, dann musste Großvater weitermachen. Unsere Tabakplantage füllte die ganze Fläche bis hin zur Fliederlaube aus. Urgroßmutter rieb sich immer wieder vergnügt die Hände und Mutter meinte: „Das sieht nach viel Arbeit aus!"
Leise und unbeeindruckt von den Bedenken ihrer so viel jüngeren Enkelin erwiderte meine Urgroßmutter: „Du weißt doch, wer nicht arbeiten will, der soll auch nicht essen!"
„Oder so ähnlich steht es schon in der Bibel!" Großvater hatte nur gemurmelt, aber sie drohte mit ihrem Stock. Dann durften wir uns ausruhen. Wir saßen in der Fliederlaube und träumten von einer reichen Tabakernte.

WOHNEN IM FASS

Die beiden Jungen beobachteten ihn. Der Mann in der Uniform hatte sein Fahrrad an einen Baum gelehnt und ging pfeifend auf und ab. Sie saßen ganz still. Sie hatten Reisig und trockenes Laub vor die beiden Fässer geworfen. So konnte sie alles sehen, was auf der Lichtung geschah. Jetzt blieb der Mann stehen und steckte sich eine Zigarette an. Er schaute in die andere Richtung, so als wartete er auf jemanden. Plötzlich drehte er sich um und kam geradewegs auf ihr Versteck zu. Sie konnten ihn nun nicht mehr sehen, hörten aber seine Schritte auf dem trockenen Waldboden. Es knackte, dann war es ruhig. Der Mann musste ganz nahe sein. Sie lauschten, hielten den Atem an, krochen leise und vorsichtig so tief sie nur konnten rückwärts weiter in das große Fass hinein.

Er stand jetzt vor ihnen, pfiff eine seltsame Melodie. Dann setzte er sich auf das Fass. Direkt vor dem Eingang hatte er Platz genommen. Sie konnten seine Stiefel sehen, seinen Atem hören. Der Mann in der Uniform saß dort, rauchte, pfiff und klopfte den Rhythmus mit dem rechten Fuß gegen das Fass. Sie rochen den Zigarettenrauch. Plötzlich fiel ein Schuss, dann war es still auf der Lichtung. Sie sahen die Stiefel nicht mehr, und sie wagten kaum zu atmen. Stimmen kamen näher, sie konnten nicht verstehen, was gerufen wurde. Ein Hund bellte ganz in der Nähe, und dann hörten sie die Männer vor ihrem Fass herumhantieren. Das dauerte eine Ewigkeit. Waren sie schon verloren? Schließlich hörten sie, wie sie sich wieder entfernten, wie etwas auf dem Boden geschleift wurde. Die Geräusche und Stimmen drangen

nun nur noch gedämpft über die Lichtung. Sie krochen zum Eingang und sahen, wie etwas auf einen offenen Lastwagen geworfen wurde. Es war der Mann in der Uniform. Sie erkannten ihn an den Stiefeln.
Schließlich fuhr das Auto ab, und alles war ruhig wie zuvor. Das Fahrrad lehnte am Baum. Niemand holte es in den darauf folgenden Tagen ab. Als es nach drei Wochen immer noch da stand, nahmen sie es in Besitz.
Es war für sie aber eigentlich nutzlos, Fahrradbesitzer zu sein. Beide konnten auf dem Ding gar nicht fahren, denn sie hatten es nicht gelernt. Auf dem Waldboden konnten sie auch schlecht üben. Sie mussten zudem auf der Hut sein, dass sich nicht doch eines Tages wieder irgendjemand hier her verirrte oder sich verstecken wollte, so wie sie es taten. Deshalb beschäftigten sie sich mit dem Ausbau ihrer Fasswohnung.
Sie trockneten Gras und Moos für ihr Schlaflager und polsterten anschließend alles damit aus. Sie sammelten Holz und zerbrachen es. Daraus machten sie einen Dachstuhl und überspannten die beiden Fässer damit. Der Wind konnte nun nichts wegblasen, und der Regen und Schnee nicht alles aufweichen. Sie suchten Baumrinde und Tannenreisig. Mit Steinen und Lehm aus dem nahen Bach verklebten sie es. Ein Dach entstand. Auch für Brennholz- und Essensvorräte sorgten sie. Es gab reichlich Nüsse und Bucheckern.
Sie aßen auch genug. Die Nüsse und verschiedenen Beeren schmeckten ihnen gut. Sie waren lange Zeit nicht so satt gewesen wie an diesen Tagen. An der vielen frischen Luft zu arbeiten und zu schlafen, das machte sie glücklich. „Das übrige werden wir schon besorgen können!" Davon waren sie fest überzeugt. „Wir brauchen ja nicht viel zum Überleben!"

Wenn sie nachts in ihrem Heu- und Moosbett lagen, lauschten sie ängstlich. Es war aber nichts als der Wind in den Bäumen und die Tiere zu hören. Dann unterhielten sie sich und entwarfen ein Land ihrer Träume. Da sollte es immer nur Frieden geben. Aber sie konnten keinen Namen für ihr Land finden. Vielleicht gab es das auch schon, so überlegten sie. Ob sie es mit dem Fahrrad versuchten sollten, würden sie hinfinden?

Aber schließlich gaben sie diese Idee auf. Sicher wurden sie da draußen immer noch gesucht. Es war ja Krieg.

Dann kam der Winter früh und brachte gleich viel Schnee. Es schneite unaufhörlich. Ihre kleine Wohnung versank unter einer weißen Decke. Das war gut so, denn sie wärmte die Hütte aus Fässern und Reisig. Sie schaufelten mit Holzstücken noch mehr Schnee auf ihre Wohnung, und jeden Morgen machten sie auch den Weg auf die Lichtung und in den Wald frei. Sie schlitterten ihn glatt, lieferten sich Schneeballschlachten und freuten sich über jeden neuen Tag und auf jede kommende Nacht. Aber der Vorrat an Nüssen wurde weniger, neue Vorräte konnten sie nicht anlegen. Trockenes Holz hatten sie genug, aber keine Zündhölzer zum Anzünden und keinen Topf. Also konnten sie auch kein Feuer machen und sich einen heißen Tee aus getrockneten Beeren und Blättern aufbrühen.

Da fiel ihnen wieder das Fahrrad ein. Sie gingen eines Morgens beide los. Es hatte einige Tage lang nicht geschneit, das schien ihnen günstig zu sein. Mit dem Fahrrad fahren konnten sie nicht, aber sie schoben es. Sie wollten nur einmal sehen, ob nicht in ihrer Nähe irgend etwas anderes als Wald und Schnee zu finden wäre. Vielleicht gab es irgendwo auch etwas Essbares. Die Sonne stand schon hoch, da sahen sie einige Häuser.

Eine Straße führte direkt in ein Dorf hinein. Sie blieben stehen und überlegten. Was sollten sie nun tun? Da war es aber schon zu spät.

Ein Auto hielt, ein Mann stieg aus und rief: „Kann ich euch helfen?" Da nahmen sie allen Mut zusammen und fragten: „Wo gibt es denn hier Zündhölzer und etwas zu Essen?" Er schickte sie ins Dorf und dort erfuhren sie, dass der Krieg schon seit einem halben Jahr vorbei war. Sie hatten ein Fahrrad und fuhren in die Freiheit.

GRÜNE GIEßKANNE

Weißt du eigentlich, weshalb hier nur eine einzige kleine Bombe 'runtergekommen ist?" Das fragte meine Freundin Jutta plötzlich und sah mich erwartungsvoll an. Ich schüttelte den Kopf, es war mir eigentlich auch ganz egal. Wir waren gerade aus dem Schwimmbad zurückgekommen und saßen auf dem Balkon. Richtig sommerlich heiß war es. Der riesige Birnbaum im Garten des prächtigen Hauses in der Hochallee war fast verblüht. Die Stiefmütterchen und Papageientulpen ließen auch schon ihre Blütenblätter welk herunterhängen. Ich sog den Duft ein und war einfach nur müde und glücklich. Jutta verschwand lautlos. Nach einer Weile brachte sie etwas zu trinken, lief wieder in die Küche und kam mit einer gefüllten Gießkanne zurück. Mir fiel gleich die grüne Farbe auf, so eine Metallkanne hatten wir auch gehabt. Ja, Blumen gießen und Milchholen, das war meine allererste „ganz richtige" Aufgabe gewesen.
Ich hielt das kühle Glas an meine Wange und überlegte. „Hier ist doch aber gar nichts kaputt?" fragte ich und sah Jutta aufmerksam beim Blumengießen zu. "Nur eine einzige Bombe, die ist nicht einmal explodiert!" sagte sie und zeigte in den Garten. „Genau da ist sie eingeschlagen. Das große Loch dort ist von dieser Riesenminibombe. Die haben die englischen Flieger nur aus Versehen verloren - die suchen sie noch immer!" Sie lachte fröhlich und fragte: „Kannst du es sehen?" „Nein, wo denn?" „Stimmt", sagte Jutta, „da kannst du auch nicht mehr viel davon erkennen. Aber das war eine Aufregung, kann ich dir sagen! Den ganzen Nachmittag war es mindestens so heiß wie heute gewesen. Wir spielten deshalb

die ganze Zeit nackedei im Garten. Dann kam ein Gewitter auf. Ich hatte nicht aus der Sandkiste heraus gewollt und schrie das ganze Haus zusammen. Das hab' ich immer so gemacht, denn manchmal hat meine Mutter nachgegeben!" Sie sah mich prüfend an und lachte.

„Aber nicht an diesem Abend. Nein, sie gab nicht auf und ich auch nicht! Ich war deshalb ohne Abendbrot sofort ins Bett gebracht worden. O, ich war wütend und habe tüchtig gebrüllt!" Sie entfernte einige trockene Blätter und goss dann weiter. „Nach dem Knall sollte ich gleich wieder aufstehen. Aber ich wusste ja schon Bescheid, außerdem war ich beleidigt! Deshalb rannte ich einfach wieder in mein Zimmer, kroch ins Bett zurück und zog die Decke über den Kopf. Meine Mutter hat das gar nicht gemerkt. Jeder hatte ja zuerst gedacht, der Blitz sei eingeschlagen."

Ich sah meine Freundin fragend an, sie kicherte und flüsterte: „Aber als sie dann begriffen, dass es eine Bombe war, schrie alles durcheinander!" Sie machte eine Bewegung, zeigte auf die Balkone, flüsterte leise und geheimnisvoll: „Die brauchen das wirklich nicht zu hören, diese da! Ja, das war ein Hühnerhaufen, kann ich nur flüstern! Und ich war natürlich schnell wieder aufgestanden und schaute zu, wie die Feuerwehr angebraust kam. Ich fand das wirklich spannend!" Ich sah Jutta aufmerksam an.

„Mm… warum denn das, hattest du keine Angst?" fragte ich und dachte daran, wie es war, als das Haus über uns von Bomben zerstört wurde.

Hatte ich denn Angst gehabt? Ich konnte mich nicht mehr so genau daran erinnern. Doch, ich hatte es auch spannend gefunden. Wir hatten eingesperrt im Keller gesessen. Die Feuerwehr war zu hören gewesen, die Stimmen der Männer und all die vielen verschiedenen

Geräusche. „Wir müssen sie bergen!" „In dem Keller lebt niemand mehr!"

Und die alten Leute hatten immer wieder beruhigend zu den Frauen und Kindern gesagt: "Nur keine Panik und stillsitzen, sonst verbrauchen wir den letzten Rest Sauerstoff!" Schließlich konnten die Feuerwehrleute die von der Hitze verzogene Eisentür öffnen. Da kam zunächst ein Lichtstrahl herunter. „Zuerst die Kleinsten!" hatten sie hineingerufen. „Die Kleine mit den Zöpfchen, bitte! Ganz langsam, noch langsamer, ein Stückchen noch, noch weiter, langsam! Nur keine Panik, es kommt jeder heraus!" Ich landete als erste wohlbehalten in den Armen eines Feuerwehrmannes und wurde weitergereicht. „Puh!" sagte ich, „hier war es wirklich sehr heiß!" „Wieso war es heiß?" fragte meint Freundin Jutta und lachte. „Die Feuerwehr hat doch tüchtig herumgespritzt, auch auf die Fenster und die Balkone! Die Fenster standen ja bei der Hitze alle offen, so wie heute. Wie die geschrieen haben, meine Mutter und die Nachbarn!" Jutta goss das Gießwassers lachend auf den Balkontisch. Ich sah diese grüne Gießkanne und dachte an unser zerstörtes Haus. „Die Möbel, die Teppiche, die Gardinen und diese Tischdecke, einfach alles haben sie nass gespritzt. Das find ich heute immer noch zum Kaputtlachen!" rief sie und goss den letzten Rest Wasser auf meinen Kopf. „Warum immer noch?" fragte ich und ließ mir das kühle Wasser übers Gesicht laufen. „Ja, erstens, weil ich immer noch glaube, dass ich mir die richtige Strafe für all die Erwachsenen und meine Mutter ausgedacht habe, weil ich doch ins Bett gesteckt worden war!" Sie machte eine Pause, sah mich belustigt an und beteuerte: „...fast wäre diese Bombe wirklich geplatzt!" Ich schüttelte den Kopf und lachte. Aber Jutta fuhr unbeeindruckt fort: „Zweitens, weil die immer noch wegen ihrer kostbaren Sachen so ein Affentheater veranstalten. Diese da mit ihrem Wasserschaden!" Sie senkte wieder die Stimme, zeigte auf die Balkone und tippte sich an die Stirn und betonte: „Wenn die nicht ganz wo anders einen ganz echten Dachschaden haben, klar?" „Ach, so meinst du das. Du hast die einzige Bombe hier auf die Nachbarn abwerfen lassen? Das glaubst du doch ganz bestimmt selber nicht!"

„Ich verrate es nur dir ganz alleine, weil du meine beste Freundin bist", antwortete Jutta. „Ich habe noch nie Bomben abgeworfen, und werde so etwas auch niemals in meinem ganzen Leben tun. Diese Engländer hätten es auch gar nicht für mich machen können. Sie wollten doch später in diesen Häusern herrschaftlich wohnen. Das war der einzige Grund, verstehst du?"

„Nein." sagte ich wahrheitsgetreu und nahm die leere Gießkanne in die Hand. Meine Freundin Jutta aus der Hochallee sah mich fragend an. Da sagte ich: „Jutta, so eine grüne Gießkanne hatten wir auch in Horn, genau die gleiche." Von da an goss ich jeden Sommer die Blumen, und Jutta sah mir immer dabei zu.

Menü ä la mode
SOMMERLICHES REZEPT
aus der Hochallee
Vorbereitungen: Bei einem Spaziergang an der Alster pflücke man die zarten Blätter von Löwenzahn. Vor der Haustür sammle man Lindenblüten. Blätter sowie Blüten der Kapuzinerkresse und die noch grünen Samen nehmen man vom Balkon. In der Speisekammer befindet sich noch Salz und eine Flasche Essig, auch Mehl ist noch

vorhanden. Der Balkontisch wird mit einer weißen Damastdecke, Silberbesteck und Meißen-Indisch-Grün-Porzellan gedeckt. Die Personenanzahl spielt keine Rolle, jeder wird genug zu essen bekommen. Rezeptvarianten sind je nach Phantasie und Vorrat der Zutaten ausdrücklich erwünscht...

IN DER KÜCHE: Einige besonders schöne Lindenblüten zur späteren Dekoration beiseite legen und etwa eine Hand voll in eine silberne Teekanne schütten.*/
Man bringe in der Zwischenzeit etwa 2 l Wasser zum Kochen. Das sprudelnde Wasser in die Teekanne gießen und zum Ziehen sowie Abkühlen auf den Steinboden stellen.*/
Das restliche Wasser mit Essig und Salz abschmecken und solange beiseite stellen, bis die Klößchen geformt sind. Das Mehl mit ein wenig Salz in eine Schüssel geben. Einige Blüten und Blätter der Kapuzinerkresse beiseite legen, die restlichen - am besten mit einer Schere - in hauchfeine Streifen schneiden, in die Mehlschüssel geben. Alles vermengen und nun soviel kaltes Wasser zugeben, bis ein zäher, aber noch formbarer Teig entsteht. Mit angefeuchteten! Händen kleine Bällchen rollen. Das Wasser wieder zum Sieden bringen, die Klößchen langsam hineingleiten lassen. Damit sie nicht ankleben, mit einem Holzlöffel vorsichtig rühren. Wenn sie an die Oberfläche steigen, die grünen Kapern-Kressesamen hinein geben und alles einige Minuten bei zugedeckten Topf ziehen lassen. Jetzt werden die zarten Löwenzahnblätter mit der Schere in Streifen geschnitten, in die Meißner Salatschüssel gegeben und mit einer gut abgeschmeckten Essig-Wasser-Zucker-Salz-Salatsauce vorsichtig übergossen und auf den gedeckten Tisch, mit roten und gelben Kapu-

zinerblüten geschmückten Tisch getragen. Die fertigen Klößchen hübsch auf einer Platte anrichten und mit den restlichen zerschnittenen frischen Kapuzinerkresse-Blättern bestreuen. Das Kochwasser nochmals abschmecken, eventuell noch mit ein wenig Mehl nachdicken und in eine Soßenschale füllen. Das ist das

Prinzessinnen Menü

nach einem Rezept von Juttas Mutter
Mehlklößchen nach Prinzessinnen Art
in frischer Kapuziner-Kapemsauce
und
Prinz Löwenzahn-Salat
Lindenblüten-Eistee

Ob der Lindenblüten-Eistee zum oder nach dem Essen, in Teegläsern oder japanischen Teetassen, gesüßt oder ungesüßt gereicht wird, bleibt ganz dem persönlichen Geschmack überlassen. Es sollte aber nicht vergessen werden, die frischen Lindenblüten auf einem silbernen Tellerchen zu servieren.
Ihre Nachbetrachtung: Vergessen Sie nicht, das Auge ißt immer zuerst. Frischzubereitete Wildkräuter beinhalten Vitalstoffe. - Der Kapuzinerkresse wird nachgesagt, dass sie - regelmäßig gegessen - wie ein Antibiotikum wirken soll.

*/auch moderne Küchengeräte und einfaches Geschirr kann benutzt werden.

MARZIPAN AUS LÜBECK

Sein Onkel ist Maurer, die Tante Krankenschwester. Ihr
Sohn Mirko wuchs bei der Großmutter in Jugoslawien
auf. Im Sommer 1987 gingen sie mit ihren Ersparnissen
in ihr armes Heimatdorf zurück. Auch hier sind alle
Namen und Orte geändert. Nur die Stadt Lübeck - hier
hatte seine Tante Maria zuerst gearbeitet - wird genannt.
Seine Mutter ging ebenfalls nach Deutschland und arbei-
tet hier seit 1988 in einem Krankenhaus. Er besuchte sie
in den Ferien und als der Krieg kam, blieb er bei ihr.

Ein Junge erzählt aus seiner Heimat
- aus dem ehemaligen Jugoslawien -

„Ach ja, es gibt schon viele interessante Städte auf der Erde. Paris, London, Moskau, New York und auch Lübeck ist bestimmt eine schöne Stadt", sagte meine Mutter. Darm stand sie auf und holte noch einmal Kuchen aus der Küche. Ihre älteste Schwester, meine Tante Maria, war nämlich wieder zu Hause. Wir saßen alle auf der Terrasse unseres neuen Hauses. Sie war noch nicht ganz fertig, denn mein Onkel hatte ja immer nur im Urlaub bauen können. Aber Tante Maria und ihr Mann hatten auch schon neue Pläne. Ihr einziges Kind war nun schon zehn Jahre alt. Da musste schon bald überlegt werden, was Mirko später einmal beruflich machen sollte. Er sollte nicht in die Fremde ziehen müssen. Die Erwachsenen sprachen immerfort über dieses Thema: Die Kinder sollten es alle einmal besser haben. Das neue Haus sollte deshalb noch einmal erweitert werden. Viele Jahre hatten die beiden in Deutschland gearbeitet und alles Geld gespart.

Tante Maria war Krankenschwester, mein Onkel Maurer. Er war sogar ein Maurermeister und trug sich mit dem Gedanken, ein eigenes Geschäft zu eröffnen. Aber zuerst sollte ein kleines Hotel aus unserem Haus gemacht werden. Auf der weinüberrankten Terrasse wollten wir Tische und Stühle aufstellen, und unsere Gäste aus Deutschland sollten so richtig verwöhnt werden.

Die beiden kannten auch viele Leute mit Kindern, die sich schon auf ihren Urlaub bei uns freuten. Tante Maria erzählte von ihren Freunden und Kollegen. Großmutter nickte immer wieder. Mein Onkel meinte sogar, ein Swimmingpool könnte den Deutschen gut gefallen. Wasser wollten die haben, und das sei ja auch bei uns genug vorhanden. Die deutschen Kinder würden viel lieber im Bach baden, war aber Tante Marias Meinung. Mirko und ich nickten.

Meine Mutter und Oma waren gute Köchinnen. Meine Großmutter hatte zwei Ziegen und meinte, dann müsste sie noch mehr haben. Für soviel Leute reichte sonst der Ziegenkäse nicht aus, und sie wollte auch noch mehr Gemüse anbauen. Tante Maria erzählte immer wieder, wie sehr sich Stadtmenschen nach ländlicher Ruhe, naturbelassenen Nahrungsmitteln und frischer Luft sehnten. Sie konnte das gut verstehen, denn sie selber sei ja fast schon eine richtige Großstadtfrau geworden. Auch ich freute mich schon auf die Gäste, natürlich besonders auf die Kinder und das Baden in unserem Bach.

Mirko war ja über fünf Jahre älter als ich, eigentlich hatte ich niemanden zum Spielen und alleine durfte ich nicht in den Wald gehen. Großmutter erzählte immer von dem großen Bären, der die kleinen Kinder holen würde, wenn sie nicht gehorsam waren. Ich weiß bis heute nicht genau, ob es wirklich stimmt, dass in unserem Wald Bären leben. Mutter war in dieser Zeit meistens traurig, nur an diesem Tag nicht.

Mein Vater war im letzten Jahr gestorben. Sie war auch Krankenschwester und Tante Maria meinte plötzlich, sie sollte sich in Deutschland Arbeit suchen. Krankenschwestern würden dort immer dringend gebraucht, dann könnte sie auch besser über ihren Kummer hinwegkommen. Für mich sei das auch gut, ich könnte später sogar eine bessere Schule besuchen. Sie wollte abends gleich einmal im Krankenhaus anrufen.

Mein Cousin Mirko saß bei Großmutter auf dem Schoß und sah mich fragend an. Er hatte immer noch den Verband um den rechten Fuß. Aber niemand sprach jetzt mehr über die Zeit, als keiner so recht wusste, ob Mirko die Blutvergiftung überleben würde. Seine Eltern waren nun wieder zu Hause, und darüber waren wir alle glücklich.

Großmutter redete Mutter auch gleich zu, das sei gar keine schlechte Idee von Tante Maria. Ich sollte aber hier bleiben. Sie hätte ja nun Zeit genug für mich ganz alleine, betonte sie immer wieder. Sie strich mir und Mirko über den Kopf. Meine Mutter könnte ruhig nach Deutschland fahren, sagte meine Großmutter mit Tränen in den Augen. Ich nickte tapfer.

Wo München liegt, das wusste ich. Tante Maria und mein Onkel hatten immer wieder Fotos geschickt, und soweit weg war das nun auch gar nicht. Ja, mit einem Male fand ich das auch gar nicht so schlecht. Es gibt so viele interessante Städte auf der Welt, hatte meine Mutter gesagt. Wo aber Frankfurt oder Lübeck war, was die Leute in Deutschland außer verreisen am liebsten machen, nein diese Frage konnte ich Tante Maria nicht beantworten. Ich ging ja noch nicht einmal zur Schule. Tante Maria lachte gern und war auch an diesem Tag zu einem Spaß aufgelegt.

„Die Frankfurter, die stehen am Main oder essen Würstchen und an der Oder auch!" scherzte sie. Sogar Mutter lachte nun und fragte: „Du warst doch vorher einige Zeit in Lübeck, was machten denn deine Lübecker den ganzen Tag?"

Tante Maria antwortete auf Deutsch: „Lübecker? Die äckrn oder arbeiten den ganzen Tag!"

„Was heißt denn das?" fragte ich erstaunt. Mein Onkel lachte. Tante Maria zwinkerte mir mit dem linken Auge zu. „Das heißt genau: Die Lübecker ackern, also arbeiten, und niedereggern tun sie auch den ganzen Tag. Sie essen nur dies süße Brot aus Mandeln und Zucker!" Ich schüttelte den Kopf, das stimmte doch gar nicht.

„Doch, wenn du dann deine Mama in den Ferien besuchst, fahrt ruhig einmal nach Lübeck. Dann wirst du es sehen!" versicherte Tante Maria und machte ein ernstes Gesicht. „Deshalb haben auch fast alle Lübecker einen dicken Bauch!" Sie zeigte es mit den Händen, „und gehen deshalb gar nicht mehr durch das Lübecker Tor hindurch."

Mein Onkel lachte laut, fasste an seinen Bauch und schüttelte wieder den Kopf.

„Auch die Kinder nicht?" flüsterte ich.

Tante Maria lächelte geheimnisvoll.

„Alle Kinder passen durchs Lübecker Tor! Die können so viel Lübecker Marzipan essen, wie sie für ihr Taschengeld bei Aldi kaufen können!"

Dann ging sie ins Haus, holte eine große Tüte und schüttete den Inhalt auf den Tisch.

Tante Maria zeigte mir das Lübecker Tor auf dem Marzipan, wickelte es aus, brach es in drei gleich große Teile und schob Großmutter, Mirko und mir ein Stückchen in den Mund. Von diesem Augenblick an, ja - da träumte ich oft von der großen Stadt Lübeck mit ihrem großen Tor, das man essen kann!

LÜBECKER MARZIPAN
wird schon mindestens seit
1407
hergestellt

◆

Kriege, Belagerungen, Angriffe auf Menschen, Häuser, Zerstörung und Raubzüge mit Hungersnot, das weiß jedes Kind, sind keine Erfindung unserer Zeit. Aber Not macht manchmal erfinderisch. Auch die Hansestadt Lübeck wurde oft belagert. Dieses Mal, so erzählt man, sei es besonders schlimm gewesen. Die Lübecker ergaben sich nicht, und die Belagerer zogen nicht ab. Sie stellten Bedingungen und Forderungen. Aber die Speicher der reichen Hansestadt an der Ostsee waren leer. Belagerte und Belagerer litten unter Hunger. Man erzählt, dass ein Bäcker auf die Idee kam, trotzdem Brot für die Angreifer zu backen. Mandeln hatte er noch, so verarbeitete er alles, was er noch an Vorräten hatte. Es entstand das süße Lübecker Brot. Den Belagerern schmeckte es offenbar so gut, dass sie die Hansestadt freigaben.

◆

- Das süße Brot aus Lübeck -
NOT MACHT AUCH ERFINDERISCH
- es bleibt wohl sein Geheimrezept -
aber gebrühte, geschälte, geriebene süße und einige bittere Mandeln *sind* neben Puderzucker mit Sicherheit *die Hauptbestandteile*

Vati Brauns
gescheiterte Entführung

Vati Braun, so nannten sie ihren Klassenkameraden. Eigentlich hieß er Victor Brun. Er wohnte seit zwei Monaten in dem großen Haus am Kommandantengraben. Da waren die drei Bruns hingezogen. Victors Vater war während der vergangenen Kriegsjahre ein einflussreicher und gut situierter Geschäftsmann geworden. Sie hatten dieses Haus einschließlich Einrichtung gekauft.

Es standen viele schöne Häuser im Kommandantengraben zum Verkauf frei. Wohlhabende Bewohner der Kleinstadt waren ins Ausland gegangen. Das einzige, was der Zehnjährige aber von diesem Sachverhalt und dem schnellen Aufstieg, dem Geld seines Vaters hatte, war, dass er von seiner ehrgeizigen Mutter auch dem Prestige entsprechend erzogen wurde. Mutter Brun hatte ihre Vorstellung von einem wohlerzogenen und gebildeten Mann.

Sohn Victor sollte eine besondere Karriere einschlagen. Er wurde wie ein Erwachsener gekleidet, musste Klavier-, Geigen-, Gesangs- und Tennisunterricht nehmen. Victor Brun durfte seine Zeit nicht mehr mit Straßenspielen oder sonstigen sinnlosen Beschäftigungen verplempern. Vorbei waren die schönen Jahre, in denen er zusammen mit seinen Freunden an den Hafen gelaufen, und bei Ebbe weit in den Fluss hinein auf Entdeckung gegangen war.

Seine Klassenkameraden nannten ihn nun nur noch Vati Braun, denn auch bei schönstem Sommerwetter trug er wie sein Vater immer Flanellhosen und einen Blazer, darüber einen Mantel. Die Schirmmütze mit dem Wappen der Bruns schien am Kopf, und der Regenschirm am linken Unterarm festgewachsen zu sein. Seine Mutter fuhr auch den kleinsten Weg nur in ihrem Cabriolet. Victor wurde morgens von ihr an der Schultür abgesetzt, dort mittags wieder abgeholt und gleich zum Tennisplatz gefahren.

Nur nachmittags war Victor alleine auf der Straße anzutreffen, dann, wenn er dabei war, zielstrebig das übrige Bildungsprogramm pünktlich zu absolvieren. Bei Frau Brun und ihrem Sohn lief alles nach Zeitplan und wie bei einem Uhrwerk ab.

Das wussten seine Klassenkameraden ganz genau, sie hatten sich heute auf die Lauer gelegt. Sie warteten. Aber an diesem Mittwoch hatte der Junge Verspätung, er kam einfach nicht. Dabei hatten sie sich doch alles so perfekt ausgedacht. Punkt fünfzehn Uhr kam er doch sonst immer um die Ecke. Sie wollten ihn entführen. Jetzt sahen sie sich an. Irgendetwas stimmte nicht. Wo blieb er denn nur?

„Dann eben nicht!" meinte Robby enttäuscht und erhob sich von der großen Kiste, auf der er die ganze Zeit gesessen hatte. Er stand unschlüssig herum. Das Warten war ihm aber auch zu dumm. Sollte Vati Braun doch gehen wie und wohin er wollte. Für heute konnte es ohnehin nicht mehr klappen. Motze und Paule, Schlappohr, Zolle und Birnbaum kratzten sich am Kopf. Das veranlasste Robby zu fragen: „Na, ihr habt wohl Läuse im Kartoffelsack, was?" Sie zuckten mit der Schulter. „Ich geh' jetzt", sagte Robby und kletterte auf die Kaimauer Da kam Vati Braun sen. um die Ecke. Er trug wie immer einen Regenschirm über dem linken Arm, hatte seine Schirmmütze weit ins Gesicht gezogen und schleppte einen großen Lederkoffer.

Als er die Jungen an der Kaimauer stehen sah, stutzte er und schien zu überlegen. Er blickte sich um, dann kam er direkt auf sie zu. Ihnen stockte der Atem, was wollte Viktors Vater, hatte er von dem Entführungsplan erfahren?

Dann ging er aber an ihnen vorbei, direkt zum großen Speicherhaus. „Scheiße!" entfuhr es Schlappohr, die anderen nickten. Herr Brun verschwand, statt dessen kam Frau Brun in schneller Fahrt geradewegs auf die Jungen zugefahren. Sie brachte das Cabriolet noch gerade rechtzeitig an der Kaimauer zum Halten.

„Habt ihr Victor oder seinen Vati gesehen?" rief sie. Robby schüttelte den Kopf und brummte: „Den nicht!" Da sahen sie ihren Klassenkameraden kommen. Er kam die Straße herunter. Er ging wie immer und sah aus wie immer. Über dem linken Unterarm trug er den Regenschirm, die Mütze mit dem Brunschen Wappen saß korrekt auf dem Kopf. Seinen Geigenkasten trug er in der rechten Hand. Seine Mutter hatte ihn nicht bemerkt. Sie brauste in Richtung Marktplatz weiter.

Victor kam immer näher, und Robby trommelte auf der Kiste herum. Die anderen kratzten sich schon wieder. Der Kartoffelsack lag aber schon auf der Kaimauer. Nun war Vati Braun fast bei ihnen. Da bekam Schlappohr einen Hustenanfall. Das war immer so, wenn er sich aufregen musste. Er war nämlich Asthmatiker. Paule hustete auch, er konnte nicht anders. Immer wenn einer husten musste, fing es auch bei ihm an. Robby räusperte sich, aber es half nichts. Auch ihm blieb alles im Halse stecken, und er musste es heraushusten.

„Was ist nun?", fragte Victor Brun seine Freunde. „Kann es losgehen?"

Robby fand zuerst die Sprache wieder und meinte: „Du
bist viel zu spät, Vati Braun!"
„Ging nicht anders zu machen, mein Vati musste plötzlich verreisen!"
„Aha!" - mehr konnte Paule noch nicht sagen und Victor
stieg in die Kiste. Das wäre aber gar nicht nötig gewesen,
denn an diesem Tage war ohnehin alles vorbei. Herr
Brun kam Jahre später noch reicher zurück, da war aus
Vati Braun aber schon ein ganz normaler junger Mann
geworden.

BIERGARTEN

Onkel Nino war wütend. Die Biergärten waren sein Thema. Da sollten sie doch schon früh am Abend geschlossen werden. Das sei dann doch kein Biergarten mehr, schimpfte er schon seit zwei Tagen. Sie wusste gar nicht, weshalb er sich so auf regen konnte, und auch ihre Tante schüttelte immer wieder verständnislos den Kopf.

Sie schaltete den Fernseher ein, da liefen gerade die Nachrichten. Onkel Nino saß immer noch in seinem Lieblingssessel und ruhte sich von der Arbeit aus. Seine Familie setzte sich an den gedeckten Tisch. Die neusten Abendnachrichten waren alles andere als gut. Aber auch die Biergarten-Demo auf Fahrrädern wurde im Fernsehen gezeigt. Selbst bekannte Politiker aller Parteien hatten sich daran beteiligt. Onkel Nino war sehr zufrieden. Das sei ein Zeichen von Demokratie und Freiheit in unserer bundesdeutschen Gesellschaft.

Niemand dürfe einem Münchner Bürger die Biergartenkultur nehmen! Dieser Meinung konnte er sich über alle Parteigrenzen hinweg bedingungslos gleich anschließen. Die Politiker hatten wenigstens ein einziges Mal etwas für ihr Gehalt getan, das war seine eindeutige Meinung.

Dann kamen wieder diese täglichen Kriegsberichte aus Europa, diese schrecklichen Bilder von zerstörten Häusern und von Panzern, die doch nichts richtig schützen konnten. Ihre Tante wollte den Fernseher schnell abschalten, aber Onkel Nino musste alles sehen. Er saß entspannt in seinem Lieblingssessel und schwieg. Nur einmal zuckte er. Die Familie saß beim Abendbrot und schaute stumm auf die Bilder, die das Fernsehen aus Sarajevo übertrug.

Der Berichterstatter stand im Vordergrund, hinter ihm konnte man Häuser und Straßenlokale erkennen. Sie hatten sie mit Granaten beworfen, es hatte viele Verletzte und Tote gegeben. Es waren vor allem junge Leute gewesen, sagte der Reporter so sachlich wie möglich in die Kamera hinein. Sie hätten in den Straßenlokalen gesessen. Dann kamen wieder andere Nachrichten aus aller Welt, auch über Erdnuß Schneider wurde gesprochen. Jemand sollte ihn wieder einmal gesehen haben.

Sie wusste, wer Schneider war, aber es interessierte sie nicht. Onkel Nino sagte nichts dazu, das wunderte sie. Sonst verfolgte er nämlich jede Spur von diesem so genannten Baulöwen Doktor Schneider mit großer beruflicher Aufmerksamkeit, und hatte natürlich auch seine ganz entschiedene Meinung zu diesem Thema. Heute erhob er sich kommentarlos aus seinem Lieblingssessel und setzte sich mit an den Tisch. Alle aßen schweigend, nur der Fernseher lief. Dann sollte der Wetterbericht folgen, da stand Onkel Nino wieder auf.

Er schaute auf den Apparat, der ihm so viel bedeutete, in den er immer bereit war, einen halben Monatslohn zu investieren. Onkel Nino hatte sogar eine Satellitenschüssel auf dem Balkon stehen, mit der er Sendungen aus aller Welt empfangen konnte. Auch einen Videorecorder hatte er zum Aufzeichnen aller ihm wichtigen Fernsehsendungen angeschafft. Aber jetzt interessierte er sich nur für das Wetter. Die Sprecherin schien nicht besonders zufrieden zu sein. Sie kündigte Regen an, nichts als Regen. In ganz Europa sollte es am Wochenende wieder regnen. Bis zum Wetterbericht wurde Werbung eingeblendet. Die erste war gleich für Bier. Da fiel Onkel Nino wieder der Biergarten ein.

Er schimpfte nun auf die Politiker, die eigentlich gar nichts mit ihrer albernen Radfahr-Demo erreicht hätten. Alles sei nur politisches Kalkül, es würden ja bald wieder Wahlen sein. Sie wollten sich beim Bürger nur beliebt machen. „Biergartenpolitik!" nannte Onkel Nino das Verhalten verächtlich. So früh könnte doch ein Biergarten nicht schließen. Dann fing das Vergnügen doch erst an, besonders im Hochsommer. Da meinte die Tante: „Wenn es aber den ganzen Sommer über doch nur regnet..."

Da kam die Europakarte, und Onkel Nino antwortete ihr nicht. Er schaute in den Fernseher. Die Frau in dem roten Hosenanzug knipste mit dem kleinen Gerät in ihrer Hand die Regenwolken über den Bildschirm. Deutschland, Frankreich, Schweiz, Italien und auch in der Türkei und auf der Balkanhalbinsel war nur Regen zu erwarten. Sie schüttelte bedauernd den Kopf und meinte, dann müsse man es sich eben im Haus gemütlich machen.

Onkel Nino und die Tante, sogar ihre Cousine waren enttäuscht. Sie hatten nämlich einen Ausflug geplant. Sie wollten ihr doch endlich einmal die Alpen und den Campingplatz zeigen, zu dem sie schon seit Jahren fuhren. Sie lächelte und meinte: „Die können wir doch auch bei Regen anschauen, und in Sarajevo scheint doch wenigstens die Sonne, Onkel Nino!" Er sah seine kleine Nichte erstaunt an und fragte: „Wie kommst du denn ausgerechnet darauf?"

„Das konnte jeder sehen", rief ihre Cousine und die Tante sagte zu Onkel Nino: „Siehst du, Zuhause könntest du so lange im Biergarten sitzen, wie du Lust hast!"

„Oder endlich die Wiese hinterm Haus mähen!" meinte er und setzte sich wieder in seinen Lieblingssessel. Dann

schwieg er und schaute sich das Landesprogramm an.
Mit einem Male rief er laut: „Gut, an diesem Wochenende werden wir aber trotzdem endlich wieder in die Alpen fahren!"
Sie waren schon in der Küche, hatten es aber doch gehört. Heute war Donnerstag, und deshalb rannten sie
noch ganz schnell zum Supermarkt. Er hatte ja abends
länger geöffnet. Die Tante kaufte alles ein, was man für
ein langes Wochenende in einem Wohnwagen in den
Alpen brauchen konnte. Zusammen bereiteten sie das
Essen vor, jugoslawische Küche natürlich, und am Frei-
tag gleich nach der Schule fuhren sie zum Campingplatz. Es regnete, aber es war sehr gemütlich in ihrem
Wohnwagen Marke Adria - fast so wie Zuhause in Jugoslawien.
Die Sprecherin hatte wirklich Recht behalten, das fand
auch der Campingplatzbesitzer. Nicht einmal mähen
konnte man bei einem solchen Sauwetter. Und auch ü-
ber die Biergärten unterhielten sie sich; Onkel Nino und
er waren in allen Punkten einer Meinung.

BIERGARTEN

Politische & Persönliche

MEINUNGEN

Auch hier sind alle Namen und Erkennungsmerkmale geändert worden.

VOR
-UR-
TEILE

**eine Frau - ein Mann
hat Haare - keine Haare**

DIE FRAU
MIT DEM GOLDENEN HAAR

Sie hatte so schönes Haar. Ich bewunderte sie schon lange. Es sah aus, als wenn die Sonne über ihre Schultern und den Rücken schien. Auch nachts wurde es ganz hell, wenn sie über den Marktplatz ging. Sogar der matte Schein der Straßenlaterne ließ ihr Haar aufleuchten. Wir waren ihr einige Male auf dem Heimweg begegnet. Ich wusste nicht, wer sie war und wo sie wohnte. Ich hatte meine Mutter nach der Frau gefragt, aber sie hatte mir gar keine Antwort gegeben. Sie war auch meistens damit beschäftigt, die Briefe an meinen Vater zu schreiben und sie zur Post zu bringen. Heute hatten wir die Frau auf dem Postamt gesehen.

Es war Herbst, und es war auch am Tage meistens dunkel. Die Sonne versteckte sich hinter den Wolken. Meine Mutter sprach aber immer vom goldenen Herbst, auch jetzt, als wir durch die Parkanlagen spazierten. Das Wort golden verband ich aber nur mit diesem Haar. Wie die Frau eigentlich noch aussah, hätte ich nicht beschreiben können. Sie war groß, sehr groß. So groß durfte eine Frau eigentlich gar nicht sein, wollte sie nicht sofort als Bohnenstange bezeichnet werden. Das hatte ich schon oft gehört. Denn jedes Mal, wenn Mutters Freundin uns besuchte, sagten alle: Das ist eine Bohnenstange. Kein Wunder, dass sie keinen Mann abkriegt. Auch wenn ich gemessen wurde und schon wieder gewachsen war, hieß es sofort: „Du willst doch wohl keine solche Bohnenstange wie Tante Lydia werden.

Bald müssen wir dir Steine auf den Kopf legen!" Das fand ich doof. Die Frau mit dem goldenen Haar erschien mir trotz ihrer Größe überaus schön zu sein, und Tante Lydia war viel netter als alle anderen Frauen, die ich kannte. Frauen sprachen immer nur über Männer, zeigten Fotos von ihren Männern und schickten den Männern Bilder von sich und den Kindern an die Front. Auch meine Mutter tat das.

Sie machte mich auch ununterbrochen auf irgendetwas aufmerksam. Wir waren gerade aus der Drogerie gekommen und hatten wieder Fotos abgeholt. Nun saßen wir in den Anlagen auf einer Bank und schauten sie an. Auf einigen konnten wir uns gut erkennen, aber auf den anderen, so fand ich, sahen Mutter und ich sehr merkwürdig aus.

„Negative sind das", erklärte sie mir. Ich merkte es mir ganz genau. Da war so viel Schwarzes drauf, dass ich einfach an „Neger" dachte. Großvater hatte mir gesagt, dass man weder Mohr noch Neger sagen sollte. Die Leute mit der schwarzen Haut und den gekrausten Haaren kämen aus Afrika. Ja, das hatte er mir erklärt. Da im Struwelpeter hatte ich das Bild vom Mohr gesehen. Ich kannte alles auswendig und jedes Mal, wenn wir wieder auf dieser Seite angelangt waren, auf der die bösen Jungen ins Tintenfass gesteckt wurden, freute ich mich. Meine Mutter stieß mich an und fragte: „Warum lachst du denn?"

Ich überlegte und antwortete wahrheitsgetreu: „Mohr und Negertive für Vater!" Sie sah mich streng an und korrigierte mich sofort: „Das heißt nicht Mohr, sondern Neger und dieses hier, das sind Negative. Hör' genau zu: Negaaative!" Ich nickte, das wusste ich doch. Meine Mutter erklärte mir wirklich immer alles ganz genau. Mein Vater hatte ihr das aufgetragen, er war ja weit weg von uns. Irgendwo da an der Front und schrieb immer

Briefe. Darin stand auch, dass sie mir immer die richtige Antwort auf meine Fragen geben sollte. Was die Front war, hatte Mutter mir allerdings nicht sagen können. Vielleicht wollte sie es auch nicht. Jetzt sah sie sich noch einmal diese Negative an und meinte: „Wir können alle entwickeln lassen. Wenn sie fertig sind, schicken wir Vater die Fotos. Der wird sicher staunen, wie groß du schon geworden bist."

Ich nickte wieder, dachte an die große Frau und an Tante Lydia, die von allen nur Bohnenstange genannt wurde. Ich versuchte, mich auf diesen schwarzen und weißen Streifen zu erkennen. War ich denn wirklich so dunkel und schon wieder gewachsen? „Was ist denn: entwickeln lassen?" fragte ich sie. Meine Mutter überlegte, wie sie mir auch das genau erklären konnte.

„Das kommt in ein Bad, und das ist in einer dunklen Kammer. Da darf überhaupt kein Tageslicht an die Negative herankommen", sie suchte nach Worten. „Weil die Negaaative dann weiß werden von dem Licht?" fragte ich neugierig. Sie hatte mein Lieblingsthema getroffen. Alles, was so aussah, wie es eben aussah, konnte doch verändert werden. „Ja, ja, so ähnlich vielleicht. Da müsste ich erst einmal deinen Vater fragen. Wir schreiben ihm deine Fragen auf. Er schreibt uns dann die genaue Antwort zurück!" Sie wühlte in ihrer Handtasche nach ihrem Notizbuch. „Von der Front?" fragte ich. „Ja, von der Front!" Ihre Antwort klang etwas gereizt, aber ich ließ mich nicht beirren. Ich fragte: „Wo ist denn die Front jetzt. Mutter?"

Ich sagte den Satz so in das bunte Herbstlaub hinein. Es schimmerte durch die Negative hindurch, ich hielt sie ganz hoch gegen das Licht. Ich betrachtete diese Streifen ganz genau. Wie konnte man daraus richtige Bilder von mir machen?

„Die Front ist da, wo dein Vater gerade ist," sagte sie. „Kann er denn da schreiben", wollte ich wissen und schaute auf ihr Notizbuch. „Warum denn nicht, man kann überall schreiben, wenn man Papier und Schreibzeug hat!" Sie steckte das Büchlein wieder in die Handtasche zurück. Ich betrachtete weiter diese Streifen, aus der die richtigen Bilder entstehen sollten. Da hatte ich eine bessere Idee.

„Können wir nicht den Mann in der Drogerie fragen?" meinte ich. Meine Mutter überlegte wieder lange. „Eigentlich beantwortet ja dein Vater alle Fragen, aber weil wir die Fotos doch bei ihm entwickeln lassen müssen. Na, gut!" Sie schaute auf die Negative. Dann steckte sie sie in den Umschlag, und wir gingen zur Drogerie. Dort trafen wir die Frau wieder. Sie war gerade mit dem Einkauf fertig. Der Verkäufer verpackte eine große Flasche in Zeitungspapier. „Das braucht ja nicht gleich jeder in der Stadt zu wissen, nicht wahr?"
Das sagte er zu ihr. Sie war groß, ich stand neben ihr. Sie roch gut, und ich hätte zu gerne gewusst, wo sie wohl wohnte und wie sie eigentlich hieß. Mutter und ich warteten, und schauten uns inzwischen ein wenig die Auslagen an. Da gab es so merkwürdige Dinger. „Schwämme, echte Schwämme sind das!" erklärte meine Mutter mir. Ich lachte leise. Da drehte sich die Frau mit dem schönen Haar um und schaute mich prüfend an. Ich zeigte auf die echten Schwämme, da lachte sie. Das klang seltsam. Dann war sie fertig, und der Drogist brachte sie noch an die Ladentür. Ich spitzte die Ohren. Aber er sagte nur: „Na, dann noch einen schönen Abend und guten Erfolg. Nicht vergessen: Das darf nur verdünnt angewendet werden, sonst geht alles schief!" Die

Frau drehte sich noch einmal um und nickte mir freundlich zu. Zu Mutter sagte er: „Wenn er das zu stark auf-
trägt, fallen ihm alle Haare aus. Dann ist die goldene
Pracht hin!"
Der Drogist erklärte mir ganz genau, was mit den Nega-
tiven passierte. Wir gingen sogar in seine Dun-
kelkammer. Als meine Mutter und ich dann ganz ge-
mächlich über den Marktplatz wieder nach Hause gingen, sah ich sie wieder. Mutter erklärte mir immer alles
ganz genau. Aber jetzt sagte sie nur: „Der färbt sich die
Haare mit Wasserstoff!"
Sie war er und konnte so lang wie eine Bohnenstange
sein, wie er wollte, denn ein Mann sucht ja eine Frau.
Das wusste ich ganz genau und dachte gleich an Tante
Lydia. Aber meine Mutter erklärte mir noch vor der
Haustür: „Es gehört sich nicht, dass Männer sich die
Haare so lang wachsen lassen, und sie dann auch noch
färben! " „Warum gehört sich das nicht?" fragte ich.
Mutter antwortete barsch: „Frag' nicht immer so dumm!
Was sich nicht gehört, weiß man doch ganz genau! Männer tragen einen kurzen Haarschnitt und Frauen sollten
auch nicht mit offenen Haaren herumrennen. Was soll
man denn davon noch halten?" Es war aber wohl keine
Frage an mich gewesen, denn sie antwortete mir nicht
mehr. Sie schrieb sofort unsere Fragen und Erlebnisse
auf. Dann durfte ich den Brief an meinen Vater unter-
schreiben. In schönen Druckbuchstaben schrieb ich meinen Namen auf das Papier. „Was hast du geschrieben?"
fragte ich und sie las mir alles vor. Von der Frau oder
dem Mann hatte sie meinem Vater aber nichts berichtet.

ANGRIFF

Sie hatten sich mit einem Kreidestein Felder auf das Straßenpflaster gezeichnet. Jetzt war sie an der Reihe. Sie warf ein Steinchen in das dritte Feld und fragte: „Was soll ich nun machen?"

Die anderen sahen sich mit viel sagenden Blicken an. Der Neue rief aufgeregt: „Sie verdirbt uns noch das ganze Spiel!" Gerade da schepperte und krachte es. Sie warfen sich flach auf die Straße. Es geschah aber nichts, es wurde gleich wieder ruhig im Viertel. Es waren nur noch die gewohnten Geräusche. Jemand klopfte einen Teppich aus, ein Mülleimer wurde geleert, eine Kinder- und Frauenstimme sangen zusammen ein Wiegenlied, ihr Baby schrie, der Schäferhund vom Bäcker bellte.

Das Mädchen hatte das Spiel wirklich nicht begriffen. Sie hatten es sich ja erst ausgedacht. Sie überlegte, sie versuchte sich zu erinnern. Was musste man sagen, wenn man den Stein in das Feld geworfen hatte. Eigentlich hatten sie das gar nicht abgemacht. Der Neue lag genau neben ihr. Er war vor einigen Tagen erst bei ihnen im Haus eingezogen. Sollte sie ihn fragen? Aber da flüsterte er ängstlich: „Was sollen wir nun machen?" Sie flüsterte zurück: „Warten, bis alles vorbei ist. Dann spielen wir weiter!" Er legte sich noch flacher auf den Boden.

„Ich höre 'was!" flüsterte er plötzlich aufgeregt. Sie lauschte. Das Geräusch kam näher. Aber es war nur ein Fahrrad. Sie hob den Kopf. Der Radfahrer stellte seinen Fuß genau neben das Gesicht des Neuen und räusperte sich. Sie sah, dass er schadenfroh grinste.

Da sprang sie schnell auf und rief: „Fahr' endlich weiter! Du verdirbst ja unsere Felder!" Er grinste noch breiter, setzte sogar den Fuß auf das Gesicht des Neuen. Da gab sie ihm eine kräftige Ohrfeige, und er schlug zurück. Alle sprangen auf, rissen ihn gleichzeitig vom Fahrrad. Es gab eine richtige Prügelei. Deshalb hatten sie diese Geräusche gar nicht gehört. Aber plötzlich schrie eine Frauenstimme: „Angriff!" Sie warfen sich auf den Boden. Das Rad lag auf den Kreisen und Quadraten. Aber es geschah wieder nichts. Nach einer Weile standen sie auf. Der Junge nahm sein Rad vom Spielfeld und stellte es an die Hauswand.

Dann betrachteten alle schweigend die Kreidezeichnung. Der Neue sagte zu ihr: „Du bist jetzt dran!" Sie dachte sich ihr Spiel aus. Sie hüpfte fröhlich über die freien Felder und sang: „Ein Angriff, kein Angriff!" Das Feld, in dem die Wurfsteine lagen, übersprang sie mit einem Hüpfer und schwieg dazu. „Spitzenmäßig, echt geil!" sagte der Neue und auch der Radfahrer nickte. Die anderen hatten sich neue Steine gesucht, viel flachere. Man konnte damit besser zielen, denn sie hatten noch eine neue Spielidee. Sie begriff die Regeln wieder nicht Aber als sie an der Reihe war, machte sie einfach, was ihr dazu einfiel. Es war gar nicht so schwierig. Niemand sagte etwas. Sie spielten das Hüpfspiel weiter, es gab keine festen Mitspielregeln.

Spielregeln

Spielregeln

Spielregeln

Spielregeln

Spielregeln

Spielregeln

Spielregeln

Ursula - die Namen und alle persönlichen Daten
sind geändert. Sie lebt heute in den USA und arbei-
tet an einem wissenschaftlichen Institut. Ihre
Schwester blieb in Deutschland und ist Lehrerin.

Ursula Siebenstern heißt sie

Sie hat eine Zwillingsschwester. Ihr Zuhause war die Konditorei direkt am Marktplatz gegenüber der Kirche.

Die Siebensterns arbeiteten alle in der Backstube, im Laden oder im Café. Oma war die Geschäftsführerin. Von morgens bis abends, Sommer wie Winter und auch an allen Sonn- und Feiertagen sahen die Kunden die alte Frau durch das Haus eilen. Sie war die Alleinerbin des Traditionshauses am alten Markt und schon seit vielen Jahren Witwe.

Ursulas Opa war im allerersten Weltkrieg gefallen, ihr Vater 1942, das war im letzten Jahr gewesen. Die Mutter lebte schon seit der Geburt der Zwillinge nicht mehr. Aber Omas vier Schwestern waren ja auch noch da und arbeiteten in der Backstube. Ursula war stolz auf die Konditorei. Auch sie wollte eigentlich lieber mit vierzehn in die Lehre gehen, aber jetzt war sie erst zehn Jahre alt und ihre Oma bestand darauf, dass sie und ihre Zwillingsschwester Elisabeth zuerst einmal das Gymnasium besuchen sollten. Jeder, der in dieser traditionsbewussten Kleinstadt etwas auf sich hielt, hatte auch das alte Gymnasium besucht. Es waren immer noch wenig Mädchen darunter. Aber gerade das war es ja, weshalb Oma Siebenstern auf einen besonderen Schulabschluss pochte. Die Zwillinge sollten es einmal leichter haben als sie. Ursula war auch stolz auf Oma und ihre Großtanten. Es gab in diesen Kriegsjahren bei ihnen die allerbesten Kuchen und Backwaren weit und breit. Die Frauen waren tüchtig und alle zusammen waren sie sieben weibliche Bäcker. Im Familienkreis nannten sie sich deshalb

stolz: „Der sieben Siebenstern'sche Bäckermeisterinnen-
betrieb". In der alten Stadt waren die vielen Hand-
werksbetriebe noch voll Standesbewusstsein. Für die
sieben weiblichen Siebensterns gab es genug männliche
Konkurrenz, und das waren richtige Meisterbetriebe.
Da war die alte Bäckerei Schlappkohl und Timm, aber
bei ihnen kauften eher die bäuerlichen Kunden aus dem
Umland und solche, die deftige Brote und Kuchen be-
vorzugten. Sie hatten ihre Backstuben und Läden auch
immer noch in der Zunftstraße der Bäcker. Ursulas Vorfahren hatten auch nach Gründung der Stadt in ihrem
Haus in der Bäckerstraße Brot gebacken. Aber zum
Weihnachtsfest, hohen Feiertagen oder Familienfesten
wie Hochzeit, Kindstaufe waren schon damals die wohl-
geformten Backwaren aus fein gesiebtem Mehl, Honig,
Mandeln, Nüssen, Korinthen und geheimnisvollen Ge-
würzen bei den Bürgern der Stadt besonders beliebt gewesen. Eigentlich hatte sich über die Jahrhunderte hinweg in dieser Stadt gar nichts verändert. Brot kaufte
man beim Bäcker, Kuchen, Torten, Eis und Konfekt seit
1848 bei den Siebensterns am Markt.
In der Bäckerstraße wohnten sie. Ihre Schwester, und sie
waren dort auch zur Welt gekommen und ihre Mutter
war zu gleichen Zeit in dem Haus gestorben. Es war ein
schönes altes Fachwerkgebäude mit einem Weinstock an
der Hauswand und einem kleinen Garten. Es war immer
wieder liebevoll restauriert worden, denn in dem Bä-
ckerhaus verbarg sich auch eine lange Familiengeschichte. Aus Portugal und aus Holland waren Ursulas Vorfahren gekommen, sie waren Juden gewesen, aber gleich
Protestanten geworden. Das sei damals gerade Mode
gewesen, das hatte ihr Vater immer wieder scherzend
gesagt. Ja, Oma und Ursulas Vater waren sehr stolz dar-

auf gewesen, so alteingesessene Handwerker dieser Stadt zu sein.

Ihre Großmutter erzählte auch heute noch jedem neuen Gast gerne davon. Sie war auch in dem Haus geboren worden. Sie hatte keine Brüder gehabt und Frauen konnten am Anfang unseres Jahrhunderts noch keine Meisterinnen werden. Deshalb hatte sie dann einen Mann suchen müssen, der das Geschäft übernehmen konnte. Auch das erzählte Ursulas Oma den neuen Kunden, die Alteingesessenen wussten es ja ohnehin. Es gab viele Familien, die hier zugezogen waren, in der Konditorei am Markt kauften sie bevorzugt ein, denn die meisten kamen aus Großstädten und wussten die Auswahl zu schätzen. Der Lieblingsspruch der alten Frau war dann immer, dass es auch meistens anders käme, als man ursprünglich geplant hätte. Nun sollten Ursula und ihre Zwillingsschwester das Geschäft übernehmen. Die Zeit verginge ja so schnell, erzählte die Oma. Und der Krieg sei sicher auch bald vorbei, ihre Enkelinnen sollten wie der Vater natürlich zuerst einmal das Abitur machen. Bildung hätte noch niemandem geschadet. Ursula war es immer unangenehm, wenn Oma jedem Gast die Familiengeschichte erzählte.

Auch die alten Tanten sahen oft besorgt aus ihrer Backstube heraus. Mein konnte ja nie wissen, wer da gerade von Oma Siebenstern bedient wurde. Es war Erdbeerzeit, und das Erdbeereis mit Schlagsahne und Waffeln war der Spitzenrenner der Sommersaison. Die Erdbeertörtchen und Torten lockten viele neue Kunden an. Es war nur gut, dass die Zwillinge schon Sommerferien hatten. Sie fuhren morgens in aller Frühe aufs Land, holten Eier, frisches Mehl, Butter und Sahne. Auch Erdbeeren bekamen sie dort. Manchmal mussten sie mittags

noch einmal fahren und frische Erdbeeren kaufen. Ja, Oma machte so wunderbare Dinge aus Erdbeeren, und sie fand auch immer noch Zeit, nebenbei ganz schnell noch die Geschäftsgründungs-Geschichte zu erzählen.
Ursula und Elisabeth kamen gerade vom Erdbeerpflücken zurück. Die Stühle und Tische standen auf der Terrasse vor dem Café. Es herrschte wieder Hochbetrieb. Oma Siebenstern bediente gerade. Es war sehr heiß, sie wirkte abgespannt, das fiel den beiden gleich auf. Ein Gast war offenbar nicht zufrieden mit der Bedienung. Es war jemand, den sie nicht kannten, den sie noch niemals vorher gesehen hatten. Da hörten sie, was er zu Oma sagte: „Nun hören Sie endlich mit diesem Judengeschwätz auf!"
Sie fiel in Ohnmacht. Die Tanten wurden gerufen, doch der Mann war schon wieder gegangen. Er hatte nicht einmal bezahlt. Aber das war nicht weiter schlimm. Als Großmutter endlich wieder aus ihrer Ohnmacht aufwachte, da war sie stumm geworden. Sie arbeitete von nun an in der Küche und in der Backstube.
Wenn alte Kunden kamen und nach Oma fragten, bediente sie sie mit freundlichem Gesicht. Sie erzählte keinem mehr auch nur eine einzige Geschichte. Sie verstanden nicht, was mit Oma Siebenstern denn eigentlich geschehen war. Der Arzt sprach von einem Schock oder einem Schlaganfall, auch Überlastung und die Hitze, alles zusammen könnte es gewesen sein. Sie lächelte nur und war fleißig wie an jedem anderen Tag ihres Lebens auch.
Sie fingen an, sich damit abzufinden. Aber dann erschien dieser Mann wieder. Er redete viel, interessierte sich für die Konditorei. Er sprach von einem Mann, der den ganzen Betrieb übernehmen wollte. Aber die Tanten schüt-

telten nur den Kopf und sagten: „Der Betrieb gehört unserer Schwester und den Zwillingen!"
Die Sommerferien waren nun vorbei, Ursula und Elisabeth waren elf Jahre alt und besuchten das Gymnasium. Sie kamen aus der Schule, da stand Großmutter vor der Tür und lächelte. Sie hatte etwas Besonderes nach einem alten Rezept gebacken. Sie hielt es in der Hand. Dann sagte sie diese zwei unvergesslichen Sätze: „Seitdem unsere Familie in dieser Stadt wohnt, sind wir evangelische Christen und angesehene Handwerker. Ob Jude, Christ, oder Heide, von diesen Banditen lassen wir uns nichts stehlen, das müsst ihr euch für immer merken!"
Dann wurde Oma Siebenstern mit einem Krankenwagen weggefahren. Sie starb an Lungenentzündung, wenigstens stand es in dem Brief, der nach zwei Wochen aus der Heil- und Pflegeanstalt kam. Die Tanten und die Zwillinge führten die Konditorei weiter. Nach dem Kriege und nach dem Abitur lernte Ursula in einer großen Stadt. Sie wurde Konditormeisterin und führte so die Tradition weiter.

BRIKETT
45

Der Kohlenzug
- mit freundlicher Genehmigung übernommen aus dem -
ERZÄHLBUCH ZUM GLAUBEN - BAND 2
Die Zehn Gebote -Verlag Ernst Kaufmann, Lahr

Der Kohlenzug

Großvater hatte sie genäht, heimlich. Sie war aus festem Segeltuch. Wie ich diesen grauen Gegenstand an mich presste, war es fast, als tröstete Großvater: „Ich bin doch bei dir, Kind!"

In der nassen Kälte des Novembermorgens standen die Kinder eng beieinander. Sie schwiegen. Ich stand abseits und hielt mich an dieser grauen Segeltuchtasche fest. Ich sehnte mich nach meinem warmen Bett oder vielmehr noch nach Großmutter, und dabei kroch mir ein wehes Gefühl in die Magengegend. Schnell suchte ich in der Dunkelheit Großvaters hohe Gestalt. Aber gerade da bewegten sich die Kinderkörper, und alle Bilder verschwammen. „Großvater!" rief ich ängstlich, aber ich bekam einen schmerzhaften Stoß gegen das rechte Bein. „Pst!" zischte es.

Aber ich sah ihn doch. Unter all den Frauen erkannte ich ihn, meinen Großvater. Er machte eine Bewegung, so, als könnte er mich doch noch zurückreißen. Zu spät! Ein Pfiff - lang, einsam - ertönte, verweilte über der dunklen Stadt. Nun wollte ich eigentlich nur noch hin zu Großvater laufen oder lieber gleich zur Großmutter!

„Plärr nicht!" zischte ein langer Junge, stieß mir seine riesige Tasche gegen den Kopf und schob mich vorwärts. „Sonst bleibste hier!" drohte ein anderer. „Pst!" machten da alle Kinder gleichzeitig. Nun war der Pfiff ganz nahe, und das Geräusch der Lokomotive übertönte alles Rufen. Ich wollte mich wieder umdrehen, aber Großvater war fort. Niemand war mehr zu sehen von denen, die dort im Schutz der Dunkelheit an einer Mauer gewartet hatten. Stumm und bewegungslos standen wir Kinder nun ganz eng beieinander. Das Rattern der Kohlenwaggons übertönte alles - langsam, rhythmisch fuhren sie zwei Meter vor uns vorbei durch die nasse Dunkelheit. Solange, bis der schmutzige Qualm der Lokomotive in mein Gesicht schlug, dann hielten sie. Dieser Kohlenzug hielt lange, und mein Herz klopfte schmerzhaft. Ich fühlte die Stille, den Atem, die Nähe des erwarteten Zuges.

Wir hatten alle gewartet, aber es geschah nichts. Reglos verharrten die Kinder und ich mitten unter ihnen. Ich wusste, Großvater stand dort zusammen mit den Frauen. Versteckt bei den Speicherhäusern. Auch sie warteten. Endlich ertönte wieder das Signal der Lokomotive. Langsam, ganz langsam klopften nun die dunklen Kohlenwaggons schattenhaft dicht vor uns vorbei.

Unerwartet wurde ich vorwärts gestoßen. Ich stolperte fast. Doch die vielen Kinderkörper hielten mich auf. „Los!" rief der große Junge, und alle stürzten dem Kohlenzug nach. Einfach mitgerissen wurde ich! Da waren noch die hohen Räder auf den Schienen zu sehen, aber schon schoben mich die Kinderkörper die steile Leiter hoch. Ich vergaß alles um mich herum, fühlte nur das glatte, kühle Metall in meinen Händen. Ein Stoß, klettern, dann kroch ich auf den Kohlenzug. Die Tasche baumelte vor mir, war bei mir. „Los, los! Mach schon!" riefen sie. „Voran!" „Los! Los, packen!"

Und schon ergriffen meine Hände die Briketts, füllten sie in die zugeworfenen Taschen. Alles ging wie von selbst. Der große Junge und sein Bruder waren dicht bei mir und schoben immer wieder neue Taschen nach. Die gefüllten verschwanden, sie wurden einfach aus dem Waggon des Kohlenzuges in die Dunkelheit geworfen. Diebe waren wir! Und alles klappte!

Die glatten Briketts glitten durch meine Hände, hinein, immer wieder hinein in diese Taschen. Es war nur das dumpfe Geräusch der Kohlen, wie sie gegeneinander schlugen. Endlos schien das alles. Da sagte der große Junge etwas: „Du bist zu gebrauchen, Mädchen. Kenn ich dich?" Es überflutete mich warm, ich suchte nach einer Antwort. Aber da war es mit einem Male zu spät.

„Bleib sitzen!" hörte ich ihn nur noch von unten rufen, und der Kohlenwagen ratterte mit mir davon. Ich kniete auf den kostbaren Briketts. Auf einem riesig hohen Berg, einem ganzen Waggon voll Kohle, der mit mir davonfuhr.

Mein Großvater hatte die Tasche heimlich genäht. Großmutter durfte von unserem Vorhaben nichts merken. „Auch in der größten Not verstoßen wir nicht gegen Gottes Gebote!" Das hatte sie immer wieder gesagt. Daran dachte ich plötzlich.

„Gut. Du sollst nicht stehlen...", hatte Großvater erwidert und viel gesagt, sehr viel. Über Not. Ausnahme. Doch am Ende solcher Gespräche hatte er nur noch mit dem Kopf geschüttelt. Nein, Großmutter ließ sich nicht umstimmen.

„Gott hilft auch in der größten Not", hatte sie gesagt.

„Und wenn es dann kälter wird?" war Großvaters Frage gewesen. Wortlos hatte sie mir einen Schal umgebunden und mich zum Spielen geschickt. Damit war für sie das Thema Kohlenzug erledigt gewesen. Was „alle Leute" taten, das galt für Großmutter nicht.

Da war Großvater mit mir schweigend auf den Dachboden gestiegen. Er hatte einen Plan und ein altes Segel. Er zerschnitt es und nähte die Tasche. Schön leicht war sie. Gerade richtig für mich, auch die Griffe waren von passender Länge. Immer wieder hatte Großvater bei mir

Maß genommen, denn ich schaute natürlich zu, wie aus dem Stückchen Segel unter seinen Händen eine Tasche entstand. Ja, da hing sie nun, diese Segeltuchtasche, und unter mir häufte sich das begehrte Heizmaterial. Ich brauchte bloß diese Briketts einzupacken! Nur immer wieder zugreifen, solange, bis die Tasche bis zum Rande gefüllt sein würde...

„Du bist zu gebrauchen..." und „du sollst nicht stehlen!" Und ich dachte nur an Großmutter. Endlich setzte ich mich hin und überlegte. Was sollte ich tun? Auch Großvater war nun fern, und wohin ging die Reise? Ich hatte keine Ahnung!

Ich weiß nicht, wie lange ich so auf dem Kohlenzug fuhr. Wohin fuhr überhaupt ein solcher Zug? Hatte ich Angst? Ja, vielleicht. Aber was war das, Angst, konnte das nicht auch etwas anderes sein, dieses Gefühl in der Magengegend?

Es war noch dunkel, als der Kohlenzug endlich hielt. Zunächst fuhr er langsamer, das hörte ich am Geräusch der Räder auf den Schienen, dann kamen Männerstimmen heraufgeweht. Sie riefen sich etwas zu, und das Geräusch der Lokomotive verzischte. Ein ums andere Mal zischte es, dann herrschte eine unheimliche Ruhe. Nach einem Augenblick kroch ich vorsichtig bis zur Leiter. Ich schaute herab und sah einen schmalen Bahnsteig unter mir liegen. Trübes Laternenlicht warf Schatten, aber es war niemand zu sehen. Da kletterte ich schnell von meinem Kohlenberg herab, fühlte festen Boden unter den Füßen. Leer baumelte die große Segeltuchtasche vor meinem Bauch. Ich hielt mich an ihr fest! Ganz still stand ich und sah, dass der Himmel durchsichtig wurde. Plötzlich hörte ich Hunde bellen, Männer in einer fremden Sprache miteinander sprechen!

Ich hielt den Atem an, stand reglos. Doch dann entfernten sich die Stimmen, und das Hundegebell wurde schwächer! Nun lief ich dem hellen Streifen am Himmel entgegen und erkannte bald unseren Kirchturm. Die Schienen waren es, die mir wieder den Weg zurück zeigten.

Meine Tasche war so mit Briketts voll gepackt, dass es nur so polterte, als ich sie auf der dunklen Diele meines Großelternhauses abstellte. Großmutter sah nur stumm auf das graue, nun fast schwarze Segelrestchen, auf diese schmuddelige, unförmige Tasche. Großvater räusperte sich, und seine Stimme klang doch ganz gedrückt, als er endlich sagte:

„Das ist viel zu schwer für ein so kleines Mädchen, wie du es noch bist..." Klein, hatte Großvater gesagt. „Ich bin nicht mehr klein!" rief ich. Sieben Jahre war ich alt, und was bedeutete es in diesem Augenblick denn schon. Ich fühlte mich so groß, und außerdem war ich wieder zu Hause. Großmutter wollte etwas sagen, natürlich wusste ich, was es sein würde. Deshalb kam ich ihr schnell zuvor: „Alle Briketts habe ich auf den Schienen gesammelt, Großmutter!" erklärte ich und war sehr stolz auf mich. Und sie lächelte sogar!

VÄTERCHEN FROST

Für einen kleinen Gegenwert wie Tee, Speck oder Brot schnitt er auch jetzt jedem das Haar. Heute war Fridjoff dran.

Seine Mutter war mit einem Päckchen Tee gekommen. Auch sie wollte sich von Väterchen Frost nun frisieren lassen. Eigentlich hatte sie schon lange beabsichtigt, sich eine neue Heimdauerwelle zu machen. Aber es war ja leider alles ganz anders gekommen. Niemand in der Stadt hatte damit gerechnet. Dabei hatten Fridjoff und sie noch Glück gehabt.

Sie konnten wenigstens im Keller wohnen. Da hatten sie vor längerer Zeit ein paar alte Möbel abgestellt. Wie froh waren sie, dass sie nie Zeit gefunden hatten, sie wegzuwerfen. Das Haus über ihnen war vollkommen zerstört. Eigentlich gab es gar keine Wohnung mehr in der Stadt, in der man leben konnte. Alle waren deshalb geflohen oder hatten die Keller bezogen.

Nein, keiner wollte den Krieg und die Zerstörung. Sie hatten doch so friedlich miteinander gelebt. Jeder bemühte sich, jetzt keinen Hass aufkommen zu lassen, und das Weihnachtsfest stand auch vor der Tür. Deshalb musste vorher noch irgendetwas mit ihrem Haar geschehen.

Sie hielt Väterchen Frost die Packung hin. Er schob seine Brille hoch und betrachtete das Foto. Sie wollte diese Frisur haben, viele kleine Locken sollten es werden. Der Frisör wiegte den Kopf hin und her. Ja, machen konnte er das selbstverständlich. Nur, ob das anschließend auf ihrem Kopf besonders modisch wirken würde, war eine andere Frage. Sie war aber ganz optimistisch. Es konnten eben im Krieg keine besonderen Ansprüche gestellt werden, und er würde es schon richtig machen.

Fridjoff saß auf dem Stuhl und schaute zu, wie Väterchen Frost zusammen mit seiner Frau der Mutter ein paar andere Frisurenvorschläge aus einer großen Mappe vorlegte. Der alte Mann hielt eine Petroleumlampe hoch, so eine, wie auch sein Großvater sie immer mit in den Stall nahm. Was er wohl jetzt gerade machte?

Fernsehen war Großvaters Lieblingsbeschäftigung. Ob sie wohl noch Strom im Dorf hatten? Hier in der Stadt gab es schon wochenlang keinen mehr, deshalb konnten sie kein Fernsehprogramm mehr empfangen. Da nützte auch der große Farbfernseher von Väterchen Frost nichts mehr. Er stand nur noch ganz stumm und blind herum.

Fridjoff sah das Gerät an und lachte. Er konnte sich schemenhaft erkennen. Da dachte er: ‚Wenn ich groß bin, der Krieg vorbei ist, dann gehe ich nach Moskau zum Fernsehen. Ich werde berühmt!'

Er richtete sich kerzengerade auf, schaute in dieses blinde Auge hinein. Da moderierte er schnell den Schluß der letzten Tagesthemen. Kriegs- und Katastrophenmeldungen hatte es heute genug gegeben, deshalb teilte er den Zuschauern mit einem kühnen Schwung eine viel bessere Nachricht mit:

Zunächst werde es demnächst wieder einmal Weihnachten werden. Er lächelte und fühlte, wie seine Zuschauerinnen nickten. Weihnachten war in Mode gekommen, nachdem sie so viele Jahr nur an den Sozialismus hatten glauben dürfen. Nun kam das Neuste aus der modernen Welt. Fridjoff wusste, die Frisurenmoden waren nicht nur bei den Damen in Moskau beliebtes Gesprächsthema. Nein, auch bei seiner Mutter und bei seiner Großmutter in einem ganz entlegenen Dorf kam das immer gut an. Sogar Großvater interessierte sich für Mode, vielleicht waren es auch nur die schicken Frauen. Zumindest war das immer Mutters Eindruck gewesen. Fridjoff lächelte seinem Großvater zu. Da sagte er: „Wasser gibt es nicht mehr!"

Aber es war natürlich Väterchen Frost, der mit seiner Mutter sprach. Geduldig erklärte er ihr alles über eine Heimdauerwelle und die Wirkung auf das Haar. Der alte Russe war Fachmann in Sachen Schönheit und wusste sich und seinen Kunden in Notzeiten immer noch zu helfen.

Sein kleiner Salon war schon vor der Zerstörung im Keller gewesen. Er war modern eingerichtet, aber das nütze nun nicht mehr viel. Was sollten sie ohne Wasser, Strom und Gas machen? Gut, dass sie noch den gusseisernen Ofen und die alten Kochtöpfe und Kannen aus Blech aufbewahrt hatten.

Fließendes Wasser kam nicht mehr durch die geschwungenen Hähne gesprudelt. Väterchen Frosts Frau lachte darüber aber nur und holte Schnee. Holz lag genug im Raum. Es waren Fenster- und Türrahmen und alle angekohlten Reste. Das, was nach dem Beschuss und der Zerstörung noch an Brennbarem übrig geblieben war, hatten sie und die Nachbarn auf gesammelt. Auch in den Ruinen der umliegenden Häuser hatten sie noch genug Vorrat aufgestapelt.

Überall standen Eimer und Schüsseln mit geschmolzenem Schnee herum. Die Frau warf Holz in den Ofen. Als das Feuer so richtig gegen die Ofenwände bollerte, der Wasserkessel pfiff, konnten sie den Tee aufbrühen.

In Väterchen Frosts Kellerfrisiersalon wurde es angenehm warm. Fridjoff kannte den alten Mann und seine Lebensgeschichte schon lange. Als er zu ihnen kam, da

war Fridjoff noch lange nicht geboren. Das war nach dem zweiten Weltkrieg gewesen. Die Alten erzählten, er hätte damals schon weißes Haar und einen eisgrauen Bart gehabt. Deshalb hätten sie den jungen Russen aus Moskau ganz einfach Väterchen Frost genannt.
Der alte Mann sah Fridjoff an und meinte: „Und du, welche Mode bevorzugt der junge Herr?" Er lachte gutmütig in seinen weißen Bart hinein. Fridjoff setzte sich wieder kerzengerade hin. Väterchen Frost warf ihm einen Umhang um, und sie schauten sich seinen Haarschopf im Spiegel an. Da fiel ihm gleich wieder der Nachrichtensprecher ein. Im Fernsehen hatten sie einmal gezeigt, wie eine solche Sendung entstand, und wie der Moderator frisiert und sogar geschminkt wurde.
Seine Mutter unterhielt sich mit Väterchen Frosts Frau über den Krieg, und dass die meisten Russen eigentlich gar nichts dafür konnten, sogar dagegen seien. Besonders die jungen Soldaten und ihre Mütter täten ihr leid. Aber trotzdem wären nun die Häuser und das Vertrauen zerstört, meinte die alte Frau. Er hörte die Frauen reden und zögerte mit seiner Antwort. Er sah Väterchen Frost lächeln und dann sagte er: „So wie der Moderator im Fernsehen, genauso hätte ich das gern! "
Väterchen Frost machte sich an die Arbeit, unter seinen geschickten Händen verwandelte sich Fridjoffs Haar. Sein Aussehen veränderte sich.
Als der Frisör fertig war, sah er Fridjoff von allen Seiten an, hielt ihm einen Spiegel hin und meinte ganz zufrieden: „Jetzt kannst du ganz getrost sogar nach Moskau reisen und dich rechtzeitig, sozusagen schon einmal vorbeugend, beim Fernsehen bewerben!" Seine Mutter schaute etwas verwirrt herüber. Aber Fridjoff verriet nicht, dass der alte Mann genau das ausgesprochen hat-

te, was er sich sehnlichst für die Zukunft wünschte.
Er bedankte sich für den schönen Haarschnitt und antwortete ausweichend: "Wenn du auch mitkommen
willst, Väterchen Frost, dann können wir gleich losgehen!" „Ich?" rief der alte Mann. „Nein, nein, daraus wird
nichts. Ich bleibe lieber hier!"

Der Verlust

Ich habe meine neuen Fingerhandschuhe aus weißer Angorawolle in Königsberg vergessen. Brigitte Fischer, Königsberger Allee - Block 12, 1. Stock

BRIGITTES HANDSCHUH

Ich durfte nicht mit Brigitte spielen, deshalb tat ich es heimlich. In der Schule waren wir ohnehin unzertrennlich, wir saßen nebeneinander, standen auf dem Schulhof zusammen, und nachmittags machte sie für mich die Hausaufgaben. Dass wir zusammen lernten, wurde stillschweigend geduldet. Aber ich durfte nicht mit ihr spielen, sie konnte nicht meine Freundin werden. Das war eigentlich auch nicht so schlimm, denn wir hatten gar kein Spielzeug, und wenn wir zusammen waren, dann unterhielten wir uns über früher. Meine Eltern konnten nichts verbieten, sie war meine ganz richtige Freundin.

Auch Kinder können sich über vergangene Zeiten unterhalten. Wenigstens Brigitta konnte das. Ich hörte lieber zu. Sie erzählte immer wieder dieselben Geschichten aus Königsberg. Und jedes Mal schloss sie mit den Worten: „Eines Tages hole ich mir meine Handschuhe wieder!" Wir lachten darüber, dabei war es eine ernste Geschichte.

Vielleicht war sie auch traurig, die Geschichte von den vergessenen Handschuhen in Königsberg. Brigittes Erinnerungen waren es nicht.

Sie war so eine, mit der ein Mädchen nicht spielen durfte. Sie hatte gar nichts verbrochen, war immer nur fleißig, räumte ununterbrochen auf, war weitaus die beste Schülerin der Klasse, und sie war immer hilfsbereit. Das war ich auch, und deshalb durfte ich nicht mit ihr außerhalb der Schule oder unvermeidbarer Hausaufgabenanfertigung Zusammensein. Es war nur gut, dass wir uns die wenigen Schulbücher teilen mussten. So hatten wir jeden Nachmittag wieder einen Anlass, uns zu treffen.

Ich begriff auch nicht, weshalb sie kein passender Umgang für mich sein sollte. Aber wenn ich danach fragte, hieß es nur: „Du hast zu gehorchen! Mit diesem Mädchen gehst du nicht spazieren!"

Aber da kam mir ein glücklicher Zufall zur Hilfe. Ich bekam einen Bruder. Meine Mutter hatte so viel im Haus zu tun, wenigstens sagte sie das immerzu. Ich musste den Kleinen spazieren fahren.

Jeden Nachmittag fuhr ich auch gehorsam los. Meine Freundin Brigitte blieb noch eine Weile in der Wohnung, denn meine Mutter beobachtete mich. Ich fuhr immer sehr langsam. Sie konnte mich sehen, bis ich am Stadtpark abbog. Dann stand sie noch einen Augenblick am Fenster und bewachte die Straße. Brigitte wusste das. Bevor meine Mutter sich vom Fenster zurückzog, ging sie mit einer Einkaufstasche aus der Haustür. Sie drehte sich um, grüßte meine Mutter mit einem braven Knicks. Sie ging dann auch wirklich in die andere Richtung zum Krämer. Aber da war ich inzwischen schon angekommen.

Wir waren nicht schadenfroh, den strengen Blicken meiner Mutter entkommen zu sein, sondern freuten uns jeden Tag wieder, dass wir nun miteinander spazieren gehen konnten. Brigitte erzählte ihre Königsberggeschichten, und bald hörte auch mein kleiner Bruder schon zu. Verpetzen konnte er mich nicht, denn er sprach auch noch mit zwei Jahren kein einziges Wort. Brigitte hatte leider ihre neuen Handschuhe in der Wohnung in Königsberg vergessen. Sie beschrieb diese Wohnung im zweiten Stock eines Mietshauses so genau, dass auch ich sie mit verbundenen Augen gefunden hätte.

Die Straße kannte ich inzwischen, vom Bahnhof musste man die Linie Fünf nehmen und in der Kantstraße aussteigen. Die neuen Handschuhe lagen auf der Flurgarderobe. Sie mussten nur geholt werden.

Sie waren noch nicht ein einziges Mal getragen worden, denn Brigitte hatte sie ja kurz vor ihrer Flucht aus Königsberg erst zu ihrem sechsten Geburtstag geschenkt bekommen. Fingerhandschuhe waren das, keine Fäustlinge. Aus schneeweißer Angorawolle waren sie gestrickt worden, und sie passten ihr ganz genau. Nichts war zu groß oder zu klein. So bald sie konnte, wollte sie nach Königsberg fahren und sie holen. Ich sollte natürlich mitfahren.

Auf dem Bahnhof hatte sie es bemerkt. Es war noch nicht sehr kalt gewesen, deshalb hätte sie sie wohl in der Aufregung dort liegenlassen. Es war ja ein Telegramm gekommen, und ihre Mutter war sofort mit ihr losgefahren. Brigitte hatte so geschrieen und sich auf den Bahnsteig geworfen, dass sie sogar den Zug verpassten.

Aber die Mutter war nicht noch einmal zurückgefahren. Dabei wäre es ganz gut noch gegangen, das behauptete Brigitte jedes Mal wieder. Weshalb die Mutter den Weg nicht noch einmal gemacht hatte, obwohl noch jede Menge Zeit dazu gewesen wäre, darüber schwieg sich Brigitte aus. Nur einmal hatte sie gemurmelt: „Dann würden wir gar nicht mehr leben!" Sie bewahrten ein Geheimnis, aber offenbar hatten auch andere davon erfahren. Meine Eltern zum Beispiel. Deshalb durfte ich nicht mit Brigitte Fischer aus Königsberg befreundet sein. Ich begriff das erst, als wir schon zwölf Jahre alt waren.

Wir saßen jetzt zusammen in der Realschule, und waren natürlich immer noch unzertrennliche Freundinnen. Es

war die Zeit, als Deutschland wieder Soldaten suchte.
Brigittes Vater hatte ich noch nie zuvor gesehen. Ich kannte nur ihre Mutter. Sie sah aus wie Brigitte in etwas größer. Sie hatte schwarzes Haar, blaue Augen und war sehr schlank. Von Beruf war sie Schneiderin und hatte inzwischen eine kleine Werkstatt eröffnet. Da tauchte plötzlich Brigittes Vater auf.
Zuerst änderte sich gar nichts. Er sprach wenig, saß in der Schneiderwerkstatt seiner Frau, und manchmal bediente er Kunden. Er war höflich und zuvorkommend zur Kundschaft, ging aber selten aus der Werkstatt heraus. Brigitte, mein kleiner Bruder und ich hatten die Aufgabe übernommen, nachmittags fertige Kleider abzugeben oder auch etwas bei Kunden abzuholen.
Meine Eltern hatten sich inzwischen wohl damit abgefunden, dass wir unzertrennlich waren. Doch dann geschah es. Sie suchten auch bei uns in der Stadt Soldaten und Brigittes Vater war deshalb zurückgekommen. Er hatte sich beworben. Er nannte sich Berufssoldat, aber Brigitte konnte das nicht hören. Sie murmelte immer wieder nur:
„Berufssoldat...Meine Handschuhe sind noch in Königsberg!" Ich hatte etwas gegen Soldaten und Brigitte auch. Mein Vater hatte aber so viel gegen Soldaten, dass er mir den Umgang mit Brigitte einfach verbot. Wir trafen uns nun wieder heimlich, und es lief eigentlich wie vorher weiter.
Brigittes Vater saß in der Werkstatt herum. Schließlich war er ja arbeitslos. Krieg gab es zurzeit nicht, und als Soldat wollten sie ihn bei der Bundeswehr leider nicht haben. Da suchte er sich einen Job im Bergbau. Aber bis zu ihrem Umzug ins Ruhrgebiet, da betätigte er sich beim Aufbau und Vertrieb einer Zeitung. Brigitte fand

das ganz in Ordnung. Ich half ihr, diese Zeitungen auszutragen.

Das war nicht das Ende unserer langen Freundschaft. Als mein Vater mir verbot, diese Zeitungen auszutragen, wusste ich gar nicht, was er dagegen hatte. Ich bekam dafür doch kein Geld, sondern nur Lob von Brigittes Vater. Mein Vater war lange in Gefangenschaft gewesen. Er klärte mich darüber auf, was das für Blätter waren, was da Aufbau hieß. Nein, damit wollte ich auch nichts zu tun haben. Ich hatte vom Krieg und Soldaten genug, uns waren mehr als ein Paar Handschuhe weggekommen.

Deshalb ging ich immer zwei Meter hinterher, wenn Brigitte diese Zeitung mit dem mir so bekannten Zeichen verteilte. Brigitte zog fort, das Problem, weshalb sie damals in Königsberg ihre vergessenen Handschuhe nicht doch noch holen konnte, bestand für uns alle nicht mehr. Ihr Vater wurde nun nicht mehr gesucht, weil er ein SS-Mann gewesen war. Brigitte sagte beim Abschied: „Er hatte ja als junger Mann nichts gelernt, dann war er was, jetzt ist er nichts mehr!" Eigentlich, so dachte ich als Zwölfjährige, ist das eine traurige Geschichte!

Lieber Gott! Ich wünsche mir von dir nur eine ganz kleine Katze und jeden Tag Milch.

Das schrieb er auf seinen Wunschzettel

DER WUNSCHZETTEL

Thomas steckte den Zettel in einen Briefumschlag und klebte ihn sorgfältig zu. Heute hatten sie den Brief an die himmlischen Geister endlich geschrieben. In der Schule hatten sie über Geschenke gesprochen, und wer wohl alle diese Wünsche erfüllen würde. Die meisten Klassenkameraden wussten es. Die Eltern, Großeltern, die Tante oder der Onkel und auch Hilfsorganisationen wurden genannt. Die Lehrerin hatte gemeint, die meisten Wünsche würden von Gott und seinen himmlischen Heerscharen oder guten Geistern erfüllt werden.

Alle wohnten im Himmel bei Gott und dem Jesuskind, an den die Christen glaubten. Überhaupt sei es ja ein christliches Fest, alle würden den Geburtstag von Jesus feiern. Einige waren enttäuscht gewesen, denn sie waren keine Christen. Aber Thomas hatte gemeint, das Weihnachtsfest in Deutschland sei doch sicher auch für andere Menschen da, nicht nur für Deutsche. Die Lehrerin hatte dann noch einmal genau erklärt, weshalb überall auf der Welt Weihnachten gefeiert würde. Das sei überhaupt kein Fest nur für die deutschen Mädchen und Jungen. Ein christliches Fest sei das, kein deutsches - das hatte sie mit ihrer sanften Stimme besonders betont. Da spiele es überhaupt keine Rolle, wo man gerade lebte, woher man kam. Wenn man wollte, konnte man sich auch als Nichtchrist etwas wünschen. Der liebe Gott war für alle da. Thomas war beruhigt gewesen. Er war davon überzeugt worden, dass er auch zu denjenigen gezählt wurde, die Weihnachten feiern durften. Seine Klassenkameraden hatten viele Wünsche an die Wandtafel und

dann mit schöner Schrift in die Hefte geschrieben. Alles wurde mit grünen, gelben und roten Stiften ausgemalt. Die Lehrerin war sehr zufrieden gewesen. Alle hatte sich große Mühe gegeben und sorgfältig geschrieben.
Nur Thomas hatte sie etwas merkwürdig angesehen. Er öffnete noch einmal den Briefumschlag. Was war denn falsch an seinem Wunschzettel, er konnte es gar nicht verstehen. Die Lehrerin hatte ja selber gesagt, dass er besonders sauber geschrieben hätte. Warum hatte sie dann aber seinen Zettel in der Pause mit ins Lehrerzimmer genommen? Nein, das verstand er wirklich nicht. Vielleicht war es wegen der Katze, er sah genau hin. Ja, die hatte er vergessen und auch die Milchschüssel stand nicht auf dem Boden. Er nahm seine Farbstifte und malte ein kleines Kätzchen. Als er fertig war, saß sie da und schaute ihn lächelnd an. Er schrieb noch schnell ihren Namen auf. Sie sollte Susi heißen.
Die anderen hatten sich ganz andere Sachen gewünscht. Ein Fahrrad hätte er eigentlich auch gerne gehabt, aber einen eigenen Fernseher brauchte er gar nicht und was ein CD-Player war, darüber hatte er schon in der Schule nachgedacht. Das hatte sein Nachbar sogar ganz richtig an die Wandtafel geschrieben. Das sagte die Lehrerin gleich, sie hatte ihn aber nicht dafür gelobt, ihm war das gleich aufgefallen. Vielleicht hatte er doch etwas falsch gemacht und die Lehrerin sagte es nur nicht? Er überlegte wieder. Ein Maschinengewehr wollte Malte aus der ersten Reihe haben, oder so ein Auto wie Bond. Alle hatten gelacht, nur die Lehrerin hatte kopfschüttelnd gesagt: „Das wünscht du dir doch wohl nicht wirklich, oder?" „Ist nur ein Spaß", hatte Malte geantwortet und es abgewischt. Was ein Maschinengewehr ist, hatte sie die Klasse gefragt. Thomas hatte es als erster ganz genau

gewusst und hatte es beschrieben. „Man kann mehrere Menschen auf einmal damit töten," hatte er gesagt. Die Lehrerin hatte ihn aber nicht gelobt, die anderen hatten auch nichts gesagt. Sie war nur still zu dem Mädchen gegangen, das zu weinen anfing. Er kannte sie gut, sie war ja mit ihm nach Deutschland gekommen. Sie musste von der Lehrerin getröstet werden. Thomas hatte gleich ein richtiges Maschinengewehr mit ganz viel Munition auf seinen Wunschzettel gemalt.

Er schüttelte den Kopf, da hatte er ja doch noch etwas vergessen. Er suchte lange die richtigen Farben aus. Dann malte er noch seine Mutter dazu, sie stand in der Küche. Sie hielt die Hände hoch. Er malte lange an ihrem Gesicht. Sie hatte so schöne Augen gehabt. Es war schwierig, genau den Schwung ihrer dunklen Brauen zu treffen. Aber es gelang ihm doch. Ihren Mund malte er ganz rot, das war seine Lieblingsfarbe. Nun zeichnete er noch einen schönen Christbaum, so wie die Lehrerin es ihnen gezeigt hatte. Die Kerzen waren rot und sie brannten schon, auch rote Kugeln malte er noch. Morgen wollte er seiner Lehrerin noch einmal den Wunschzettel zeigen, denn nun war er wirklich schön. Er würde ihr bestimmt gefallen.

- KRIEGE MIT NEUEN WAFFEN -

GIFTANSCHLAG

Der alte Mann zeigte dem Kontrolleur seinen Ausweis, holte die Zeitung noch einmal hervor, sagte:

So 'was haben wir ja schon 'mal erlebt!

Der Mann nickte und ging weiter. Eine Frau von etwas über fünfzig Jahren setzte sich mit ihrem Enkel neben den Alten. Er zeigte auf die Zeitung:

So 'was habe ich schon im Krieg erlebt!

Der Junge antwortete: **Ich auch!**

Ein Mann um die vierzig Jahre herum stieg in den Bus und schaute sich nach einem Sitzplatz um. Er sah den alten Mann, die ältere Frau und den blinden Jungen. Da blieb er stehen. Er hatte es ja nicht weit. Nur ein paar Stationen, dann konnte er aussteigen. Draußen regnete es in Strömen. Sonst wäre er ohnehin mit dem Fahrrad zur Arbeit gefahren. Nur heute hatte er unaufschiebbare Termine. Er war Arzt in einem psychiatrischen Krankenhaus, und sein Auto war zur Inspektion. Er war in Eile.

Der alte Mann schaute ihn so prüfend an. Immer sahen ihn alte Leute prüfend an. Aber hier machte es ihn ganz nervös. Hier war es etwas anderes, das war ja kein Wartezimmer, sondern er fuhr wie alle anderen auch nur in einem öffentlichen Verkehrsmittel. Niemand kannte ihn, er trug ja nicht einmal einen Arztkittel. Der Alte schaute nun wieder den Jungen an und fragte:

Wo hast du das erlebt?

Er schwieg und zeigte dem alten Mann seine Verletzung. Da schloss der Alte die Augen, stützte sich auf, seinen Stock und sagte sehr langsam und deutlich:

Bei mir ist das schon lange her. 1914 bis 1918, da war ich noch sehr jung, aber doch viel älter als du!

Der Junge sah seinen Gesprächspartner mit stumpfen Augen an, lauschte und gab ihm die Antwort:

Ich weiß das, ich kenne die Geschichte mit dem Kampfgas und den jungen Soldaten!

Der Alte war erstaunt und fragte: Woher?

Aus der Schule! Und woher wissen Sie...

Der alte Mann unterbrach den Jungen und sah ihn genau an. *Ich rate nur. Aus dem Irak?*

Richtig geraten!

Seine Großmutter sah zuerst ihren Enkel an, dann den Nachbarn und sagte:

Wir trugen immer Gasmasken. Das sah lustig aus! Ich betrachtete mich damit gern im Spiegel. Ein Elefant schaute zurück. Ja, ja, die gute Gasmaske.

Es waren noch zwei Stationen bis zum Krankenhaus. Der Arzt war noch nervöser als vorher. Würde er seine Termine noch einhalten können. Der Alte sah ihn an. Der Arzt nestelte an seiner Krawatte und dachte: Was sind das bloß für Verrückte! Gasmaske, Elefant, Irak. Die leiden doch unter Verfolgungswahn. Der Bus fuhr auf die Haltebucht, da fragte der alte Mann ihn: *Und wie ist Ihre werte Meinung zum Giftgasanschlag?*

Schon im Aussteigen rief er: *Alles Verrückte, nichts als Verrückte gibt es auf der Welt!*

Sie nickten und der Alte sagte:

Der junge Mann sagt ein wahres Wort! Man fragt sich nur, wie das noch einmal enden soll! Es scheint so, als ob die Menschheit es gar nicht erwarten kann, sich entweder zu vergiften oder in die Luft zu jagen.

Die ältere Frau murmelte:

Ja, ja, so ist das eben! Sie werden aus Schaden nicht klug!

- KRIEGE -

-WAFFEN-

DER BEGRIFF FRINGSEN

ist Weihnachten am Ende
des Krieges - 1939 bis 1945 - in den
deutschen Sprachgebrauch eingegangen.

Es heißt: Du darfst (nicht) klauen, nur fringsen und bedeutet: Wenn die Not groß ist,
kann eine Ausnahme gemacht werden...
Das meinte der fromme Mann aus Köln in
seiner Predigt. Nicht nur katholische Christen fühlten sich dadurch etwas erleichtert,
sondern auch meine protestantischen Großeltern. Wir hatten nicht einmal gefringst,
fühlten uns aber an diesem Heiligen Abend
bei jedem Bissen Brot wie Diebe.

FRINGSEN UND WARTEN
AUF DEN WEIHNACHTSMANN

Es mussten so viele Menschen Hunger leiden, und sie hatten auch keine Bleibe. Das hatte Großvater in seiner kleinen Predigt gesagt. Wir waren noch gut dran. Auf gestern wollten wir nicht zurücksehen, sondern nur auf den morgigen Tag. Wir beteten, und dann fing das Weihnachtsfest für mich erst richtig an. Ich wartete gespannt auf den Weihnachtsmann. Kam er am Heiligen Abend nicht in jedes Haus?

Ob fringsen oder nicht, ob kaufen oder tauschen, das war mir an diesem Heiligen Abend ganz egal. Die Scheibe Rosinenbrot mit richtiger Butter und Wurst belegt, das schmeckte köstlich. Dazu gab es echten schwarzen Tee, die Erwachsenen hatten sich sogar ein Fläschlein Rum organisiert. Ja, meine Mutter nannte es immer das Organisieren.

Der Weihnachtsmann war inzwischen von mir unbemerkt gekommen. Er hatte auf dem Hausflur herumgepoltert, aber ich kam leider zu spät. Frieden, hatte er gerufen, das hatte ich gerade noch gehört. Waffenstillstand war, aber Frieden? Das mit dem Frieden hatte der Nachbar erfunden, er hatte es gerufen und nicht der Weihnachtsmann. Er stand vor der Haustür und trat von einem Fuß auf den anderen. Deshalb baten meine Großeltern ihn, doch an unserer Feier teilzunehmen. Er hatte ja keine Angehörigen mehr. Wir glaubten nicht mehr an Frieden. Waffenruhe, was war das denn?

Es schneite auch nicht, wie es sich eigentlich für ein richtiges Weihnachtsfest gehörte. Es war mild und wir hätten uns auch in den Garten setzen können oder einfach ins Freie. Aber davon wollten die Erwachsenen nichts wissen. Sie wollten im Haus sitzen und in der warmen Stube ihren Tee mit Rum trinken. Wir waren alle lustig, das kam nicht vom Rum. Davon konnte keiner betrunken werden. Wir erzählten uns Geschichten. Zuerst erzählte unser Gast eine ziemlich verwirrende. Er berichtete von Schneewintern, Bären und Wölfen, von Schlittenfahrten und zugefrorenen Seen. Eine Landschaft entstand vor meinen Augen, in der Traum und Wirklichkeit verschwammen. Er war als Kind noch unter dem Zaren auf gewachsen. Ich wusste, was der Zar war. Meine Familie großmütterlicherseits war auch einmal aus Russland gekommen. Deshalb erzählte meine Oma sofort die alten Legenden und wie in Russland Weihnachten gefeiert wurde.

Ich hätte auch etwas aus Russland erzählen können, aber ich bewahrte mein Geheimnis. Schließlich hatten sie alle eine kurze oder lange Weihnachtsgeschichte erzählt. Großmutter legte Äpfel auf den Ofen. Im Nu roch es wunderbar in der heißen Stube. Sie zischten auf den glühenden Ofenringen, sie tanzten herum. Dann durfte ich sogar eine Weihnachtsgeschichte erfinden. Er dachte mir die vom Weihnachtsbaum aus, der niemals aufhörte zu wachsen. Und die ging so:

Es war einmal ein Vöglein.... Aber da unterbrachen mich schon die Großen. Sie können niemals zuhören. Ich war eingeschnappt und wollte eigentlich gar nicht weitererzählen. Aber meine Großmutter beruhigte mich und bat um Verzeihung. Sie sagte: Wir sollten Kindern besser zuhören, nicht nur in der Heiligen Nacht. Sie können uns so viel bessere Geschichten erzählen, als in den klügsten Büchern zu lesen sind. So mein Püppchen, nun erzähl' deine Weihnachtsgeschichte weiter. Ich kam nicht dazu, denn gerade in diesem Augenblick detonierte in der Nachbarschaft eine Bombe. Es war niemand verletzt worden, aber wir waren alle in Aufruhr.

Großvater schimpfte, sprach von einer unerhörten Verletzung. Waffenruhe könnte man das wohl noch nicht nennen. Ich kroch immer unter den Tisch, wenn es aufregend wurde. Dort hatte ich eine Höhle, von da konnte ich auf geheimnisvollem Wege in eine andere Welt gelangen. Ich erzählte mir und meinem felllosen Teddybär Mausi die Geschichte vom Tannenbaum, der niemals zu wachsen aufhörte. Denn dieses mausähnliche Stofftier konnte vom ersten Augenblick zuhören.

Der Weihnachtsmann hatte es für mich auf die Diele gelegt. Frieden hatte er dabei gerufen, vielleicht war es auch nur der Russe gewesen. Die Geschichte vom Tannenbaum fing also mit dem Vöglein an. Es hatte sich ein Nest bauen wollen. Aber es hatte keinen richtigen Platz finden können, überall waren schon Nistplätze. Die vielen Vögel hatten es einfach vertrieben. Da war es sehr traurig gewesen und hatte sich auf eine ganz alte Tanne gesetzt. Die hatte geweint. Harz war aus vielen Wunden gelaufen. Das tat dem Vöglein so leid. Es fragte nicht lange, woher die Wunden kamen. Es setzte sich auf einen dicken Ast und sang dem Tannenbaum sein schönstes Lied vor.

Aber in dem Wald waren nicht nur viele Vögel, die auf den Bäumen nisteten, sondern auch ein Eichhörnchen. Es hörte den Gesang. Es war nicht so eines, das die Vögel fraß, nein, es war brav und sehr klug. Es setzte sich einen Ast höher, und zog mit seinen kleinen Pfötchen die Samen aus einem Tannenzapfen. Alles war ein wenig harzig, weil der Tannenbaum doch so weinte. Die Samen warf er auf das Gefieder des kleinen Vogels, Dort blieben sie kleben. Ich saß in meiner Höhle und erzählte meinem neuen Freund Mausi die Geschichte von dem Tannenbaum. Da hob meine Großmutter die Tischdecke hoch und schob mir wortlos einen Teller zu. Es lag ein Zimtsternchen und ein Bratapfel drauf.

Mein neuer Freund Mausi und ich aßen schweigend. Es war sehr warm in der Stube und in meiner Höhle noch viel heißer. Wir schliefen ein bisschen ein. Wir gingen jetzt mit dem Bratapfel in der Hand durch den großen Wald. Es war Winter und auf allen Tannen lag Schnee. Der Himmel über uns glitzerte. Wir suchten unsere alte Tanne, konnten sie aber nicht finden. Plötzlich kam das Eichhörnchen gesprungen. Es lachte und rief: „Wisst ihr beiden denn nicht, dass es in der Heiligen Nacht keine kranken Bäume gibt?" Aber da wachten wir auf.

Es war nur ein Traum gewesen. Meine Mutter schaute unter den Tisch. Ich zeigte ihr den Zimtstern und sie lächelte. Die Erwachsenen unterhielten sich. Wir hörten zu. Da war von Leuten die Rede, die klauten. Der alte Russe erzählte von einem Mann, der alles mitnahm, was keine Nägel hätte. Das fand ich komisch. Er berichtete weiter, dass dieser Mann aber schon immer gestohlen hätte. Er sei ein Gewohnheitsdieb, meinte Großvater und Großmutter sagte traurig: „Das ist dann auch kein Fringsen mehr!" Geschichten von Dieben, die interessierten mich immer. Ich spitzte die Ohren.

Aber wie das immer bei Erwachsenen ist, wenn es spannend wird, hören sie schon wieder auf zu erzählen. Ich hörte Mutter lachen. „Mit Butter ist das so eine Sache," sagte sie. „Da ist es ganz schlecht mit dem Fringsen!"

Sie erzählten also doch weiter, dachte ich. Aber sie machten zuerst das Fenster auf. Ein kühler Luftzug kam zu mir. Das tat gut. Ich überlegte mir, wann ich nun

nach draußen gehen sollte. Ich wollte doch schauen, ob
ich den Stern erkennen konnte. Aber Mutters Butterfass-
geschichte war auch gut.
Ich kannte sie schon, konnte sie aber immer wieder an-
hören. Es war im Herbst gewesen. Mutter und ihre
Freundin waren aufs Land gefahren und wollten organisieren. Sie waren mit alten Herrenfahrrädern gefahren,
da konnte man nämlich bequem Säcke auf die Stange
legen. Sie konnten aber nicht so gut damit fahren. Deshalb schoben sie die Fahrräder auch die meiste Zeit.
Mutter und ihre Freundin hatten sich als Männer verkleidet. Sie hatten weite Hosen an und so eine komische
Jacke mit vielen Taschen. Ihre Haare hatten sie unter
einer Mütze versteckt. Darunter hatten sie auch Geld
und Zigaretten zum Tauschen gehabt. Sie vergaßen nur,
dass Männer die Mütze abnehmen, wenn sie Leute grü-
ßen oder irgendwo hineingehen. Das sei ihr erster Fehler
gewesen, erzählte Mutter. Sie lachte wieder und auch
meine Großeltern lachten. Sie kannten die Geschichte
von der verunglückten Butterfahrt ja auch schon. Ich
hörte, wie Großmutter wieder Äpfel auf den Ofen legte.
Mutter erzählte weiter: „Wir hatten uns vorgenommen,
erst wieder nach Hause zu fahren, wenn wir zwei Zent-
ner Kartoffeln, etwas Speck, Birnen und einige Köpfe
Kohl auf dem Rad verstaut hätten. Aber an diesem Tag
hatten wir überhaupt kein Glück. Wir wollten nicht stehlen, sondern alles ganz ordentlich bezahlen. Wir hatten
ja genug Geld und Zigaretten bei uns. Aber auf jedem
Bauernhof sagte man uns immer nur: Was sollen wir mit
Geld oder Zigaretten. Wenn Sie nichts anderes haben,
meine Herren, dann tut es uns leid. In einem Dorf wurde
es dann gefährlich. Wir waren als Männer verkleidet
und das machte uns verdächtig. Wenn männliche Wesen

überhaupt anzutreffen waren, dann waren sie entweder alt oder noch sehr jung, alle anderen waren mit dem Kriegmachen beschäftigt. Da war eine Bäuerin gewesen, die hatte ein Auge auf meine Freundin geworfen und lud uns ein. Wir sollten es uns einmal bequem machen. Warum wir denn nicht die Mützen abnehmen wollten, fragte sie uns. Als sie in die Küche ging, liefen wir schnell davon." Alle lachten.

Großmutter holte die Bratäpfel vom Ofen und brachte mir einen. Ich tat aber lieber so, als schliefe ich. Dann waren die Geschichten auch noch viel schöner. „Sie schläft!" sagte meine Oma und Mutter erzählte weiter. „Ja, da standen wir nun ganz dumm da. Wir hatten es uns doch so gut ausgeheckt. Denn die Männerkleider waren doch viel praktischer, bis auf einen Punkt." Sie stockte und Großmutter sagte wieder: „Sie schläft!" Ich kannte die Geschichte doch! Mutter kicherte und Großmutter musste weitererzählen. „Also, schließlich muß auch eine Frau einmal ihre Notdurft verrichten!" Ich spitzte die Ohren, was war denn das, ich kannte die Geschichte doch ganz anders. Meine Mutter hatte doch 'mal gemußt und ihre Freundin auch. Aber Großmutter sagte: „Sie wechselten sich ab. Eine musste auf passen, dass nicht jemand um die Ecke kam, die andere ging in den Graben," sie biß in einen Bratapfel, das hörte ich und Mutter erzählte weiter. „Bei meiner Freundin dauerte es so lange, ich dachte schon, ihr sei etwas passiert. Ich rief und sie antwortet auch. Wir hatten ein ganzes Fass mit Butter gefunden. Da lag wohl schon länger ein Fass im Graben, das keiner vermisste. Pfundpakete lagen drin, und wir stopften unsere vielen Taschen damit voll. Der Rest kam oben in die Bluse. Nun sahen wir auch gar nicht mehr wie Männer aus, sondern wie dicke Frauen."

Ich lachte und Großmutter guckte unter den Tisch. „Dann konnten wir ganz viel Butterschmalz machen," rief ich. Ja, fast die ganze Butter war von der Körperwärme geschmolzen.
Diese Heilige Nacht war aber noch nicht zu Ende. Mein großer Wunsch, den besonderen Stern zu sehen, sollte sich erfüllen.

STERNENZELT

Als es Mitternacht geworden war, da gingen wir alle in die Fliederlaube. Ich setzte mich auf die Bank und erzählte Mausi die Tannenbaumgeschichte zu Ende. Auch die Erwachsenen hörten zu.

Das Sämlein war heruntergefallen und wie durch ein Wunder sofort gewachsen. Schon im ersten Sommer konnte der Vogel sein Nest bauen. Er hatte nun einen eigenen Baum, der jedes Jahr weiter wuchs. „Wächst er immer noch?" fragte meine Mutter.

„Ja, solange, bis er da oben an den Sternen angekommen ist!" Wir schauten in das Sternenzelt. Ich sah auch den Stern von Bethlehem. Ich konnte alles erkennen. Auch das Mädchen, das im fernen Rußland saß und auf den Vater wartete. Es sah auch gerade zum Himmel, es war mir ja so ähnlich. Das hatte mir ihr Vater erzählt. Er kam immer zu Mutter aufs Amt und unterhielt sich mit uns. Die Nacht war schön und feierlich, ganz anders, als alle anderen Nächte. Am liebsten hätte ich in der Fliederlaube geschlafen, aber das erlaubte meine Mutter nicht. Sie brachten mich alle zusammen ins Bett und der russische Nachbar und meine Oma sangen für mich eins von diesen traurigen Liedern, die ich schon von den Gefangenen gehört hatte. Ich dachte an das Mädchen in Russland und schlief mit Mausi im Arm ein.

UNSER NEUES BETT

Zerstörte Wohnungen gibt es viele auf unserer Erde. Man kann sich auch nicht immer aussuchen, wo und wie man gerne leben möchte. Wir wohnten in diesem eiskalten Winter in einer Kleinstadt an der Elbe. Unsere Behausung war ein winziger Ladenraum, und meine Mutter und ich schliefen auf dem Fußboden fast an der Schaufensterscheibe.

Aber als Mariechen Tönjes zu uns kam. änderte sich das. Sie war nach den schweren Bombenangriffen auf die Großstädte auch noch bei uns einquartiert worden. Nun wurde es zu eng, und die Hausbesitzerin räumte die kleine Abstellkammer neben dem Ladenraum aus. Wir erhielten von ihr drei kratzige Militärdecken als Matratze und zum Zudecken. Das war unser erstes richtiges Bett nach über einem Jahr. Marie Tönjes, Mutter und ich hatten uns ganz schnell häuslich eingerichtet.

Ja, seitdem Marie Tönjes bei uns wohnte, hatten wir ein richtiges Appartement. Die Regale aus der Abstellkammer hatte Mariechen in den Raum mit den Schaufenstern gestellt. Jetzt war der Laden unser Wohnzimmer mit Ausgang auf den Marktplatz. Vorhänge brauchten wir in diesem Winter nicht. Die Scheiben waren dick zugefroren. Niemand konnte hinein- oder herausschauen.

Es zwitscherte Tag und Nacht in unserem engen Nestchen. Wie ein Vogel flatterte Mariechen Tönjes hin und her, so wenigstens kam es mir vor. Sie er- schien mir wie ein richtiges Geschenk. Vielleicht war sogar ein Wunder in Erfüllung gegangen, so wie ich es mir zu Weihnachten vom Christkind gewünscht hatte! Mutter und ich lebten

noch. Wir waren nicht verhungert oder verdurstet und auch nicht erfroren. Sogar vor neuen Bombenangriffen und Typhus blieben wir verschont. Aber was besonders wichtig für mich war, ich musste nicht mehr den ganzen Tag alleine verbringen. Wenn meine Mutter zur Arbeit war, schaute Mariechen Tönjes immer einmal wieder herein. Was Mariechen sonst noch machte? Ich war fest davon überzeugt, sie brachte uns jeden Tag mehr Glück! Bald bekamen wir sogar ein fast neues Ehebett!
Mariechen Tönjes war Rheinländerin, sie kam ja aus Köln. Ich wusste, da am Rhein wohnten die fleißigen Zwerge. Sie konnten heimlich, ganz still, immer fröhlich alle Wünsche erfüllen. Sicher war Mariechen nur ein verkleideter Zwerg. Da machte es dann auch nichts, dass ich sie meistens wegen ihres köl'schen Tonfalls gar nicht verstehen konnte. Ich bewunderte alles an ihr und verstand mich auch ohne Worte gut mit Mariechen.
„Du bist wie ich, oder ich wie du!" scherzte sie an diesem Winternachmittag und schaute Mutter und mir belustigt zu. Sie saß auf dem Fußboden in unserem Abstellkammer-Schlafzimmer, und ich lag mit einem Ohren- und Halswickel krank in einem richtigen Bett. Mariechen war genauso alt oder jung wie meine Mutter, aber sie trug Zöpfe. Mutter hatte so schönes Lockenhaar, aber sie machte sich immer nur diesen hässlichen Haarknoten im Nacken. Auch mir kämmte sie gerade wieder das Haar genauso straff zurück. Es ziepte, ich schrie und Mariechen lachte. Ich hatte vergeblich gebettelt, meine Mutter sollte mir endlich auch Zöpfe flechten. Sie ließ sich auch von Mariechen nicht von den Vorteilen einer solchen Frisur überzeugen. So wie Mariechen wollte ich aber aussehen!
„Rom", sagte Mariechen da unvermittelt, „da möchte ich

einmal hinfahren!" Mutter antwortete: „Willst du den Papst besuchen?"

„Warum denn nicht!" Mariechen Tönjes lachte fröhlich über die Frage meiner Mutter. „Aber heute würde ich eigentlich viel lieber am Rhein sein, am Kölner Dom! Da bin ich geboren! Gerade dort unter dem prächtigen Portal beim Karnevalfeiern kam meine Mama nieder!"

Mutter strich prüfend über mein Haar. Ich sah ihre strenge Frisur und den noch strengeren Ausdruck in ihrem abgemagerten Gesicht. Ihre blassblauen Lippen wurden schmaler. Sie schüttelte vorwurfsvoll den Kopf und meinte: „Deine Phantasie geht schon wieder mit dir durch, du träumst mit offenen Augen, Mariechen!" Sie stand auf.

Ihre Mittagspause war nun vorbei. Als Mutter gegangen war, flüsterte Mariechen etwas. „Rosenmonat," verstand ich. Sie streichelte dabei gedankenverloren das dunkelbraune Holz des Bettes. Ich überlegte, meinte sie unsere Betten mit den fast neuen Matratzen? Meine Mutter hatte sie für die alten Silberbestecke von der toten Tante Mile und auf Bezugschein ergattern können.

Was brauchen wir Bestecke, dann noch aus Silber, wenn wir gar keine Kohlen, nur eine einzige Schüssel und keine Teller und nichts draufzulegen haben! Das hatten meine Mutter und Mariechen vor dem Kauf oder Tausch gesagt.

Rosenmonat - was hatte das mit einem Holzbett zu tun? Meinte Mariechen nur das braune Holzgestell, das Bett, in dem ich lag oder beide Betten? Wir hatten doch erst vor einer Woche unser Abstellkammer-Schlafzimmer mit diesen ganz richtigen Ehebetten voll gestellt! Mutter hatte doch mit Mariechen verabredet, dass sie in dem linken Bett schlafen sollte. Wenigstens so lange, bis mein

Vater aus dem Krieg zurückkommen würde - das hatte
meine Mutter besonders betont. Mariechen war doch
einverstanden gewesen, denn auch ihr Mann war vermisst. Wenn sich die beiden Frauen über die Männer
und Krieg unterhielten, waren sie ohnehin immer der-
selben Meinung. Jede nächtliche Unterhaltung und unser Nachtgebet endete damit: „...und laß sie bald alle
gesund wiederkommen!" Was meinte sie nur?
„Rosenmontag!" sagte Mariechen, so, als könnte sie Gedanken lesen. Sie strich weiter über das braune Holz
unseres Ehebetts. Sie zählte auf, was sie alles unterneh-
men wollten, wenn ihr Mann Peter jetzt geradewegs
durch die Ladentür in unser Schlafzimmer kommen
würde. „Karneval wollen wir dann feiern! Heute ist
doch Rosenmontag!" „Rosenmontag?" fragte ich erstaunt und sah auf das Oberlicht. Da drang ein eher fah-
les Nachmittagslicht durch die Eisblumen herein - und
überhaupt, im Winter blühten doch gar keine Rosen?
„Rosenmontag, so heißt das!" betonte Mariechen. Ehe
ich begriff, was dieser graue und so kühle Wintermontag
denn wohl mit Rosen zu tun haben könnte, war Mariechen Tönjes schon aufgesprungen. Sie raffte ihren Rock,
schwang die Beine in die Luft und sang: „Ich bin das
Funken-Mariechen! Rosen, Rosen für Marie, Marie, Mariechen!"
Neben und vor unserem neuen Doppelbett war aber viel
zu wenig Platz zum Tanzen. „Nun verkaufen wir uns'
klein' Bettchen, sind vogelfrei!" Sang Mariechen Tönjes
und sprang auf meine Matratze. Ich hüpfte in die Luft,
sie lachte und sang: „Denn am Aschermittwoch ist alles
schon längst wieder vorbei!" Sie stieg dabei auf das hohe
Fußteil, breitete die Arme aus, balancierte wie auf einem
Seil und trällerte: „Vorsichtig, Einsturzgefahr! Bewegen

Sie sich bitte äußerst vorsichtig auf die Ruinen zu!"

„Da kommt er ja, der Rosenmontagszug!" Sie zeigte ihn mir. „...und ich bin das Mariechen!" jubelte sie wieder und wieder, warf mir Rosen und Kusshändchen zu. Dann versackten wir einen trüben Winternachmittag lang im Kölner Rosenmontagszug!

Als meine Mutter abends endlich nach Hause kam, war es wie immer eiskalt in unserer kleinen Wohnung. In unserem Abstellkammer-Schlafzimmer war es auch schon fast dunkel, denn eine Lampe oder Strom hatten wir nicht. Die Schaufensterscheiben waren wieder nicht abgetaut, und ich hatte noch die dicken Wickel um. Doch mein Gesicht glühte und ich schwitzte. Aber es kam nicht vom Fieber!

Ich war an diesem Rosenmontag fröhlich wie noch nie zuvor. Aber ich hatte auch eine schreckliche Befürchtung! Wenn Mariechen Tönjes nun wirklich die neuen Betten verkaufen wollte, wo sollte ich dann schlafen? Ich hatte so lange auf dem harten Boden gelegen! Morgen war Dienstag, und Mutter musste wieder zur Arbeit, da brauchte Mariechen doch nur durch die Ladentür auf den Marktplatz zu gehen. Die Betten könnten ganz bestimmt in weniger als zwei Minuten verkauft werden. Dabei hatten Mariechen und Mutter mir doch sogar eingeschärft, ja niemandem etwas von unserem Kauf oder Tausch zu erzählen. Nicht einmal die nette Hausbesitzerin durfte es erfahren! „Aschermittwoch, wenn Rosenmontag vorbei ist", flüsterte ich und nahm all meinen Mut zusammen. Ich fragte Mariechen Tönjes: „Was macht ihr denn dann am Rhein?"

Ich fühlte mein Herz laut klopfen. „Dann ist in Köln alles vorbei, und echte Narren müssen auch dort wieder frieren!" meinte Mutter und zündete einen Kerzenstummel

an. Mariechen lachte laut und zwinkerte mir zu: „Am Aschermittwoch? Da verkaufen wir Kölner unser weiches Bettchen und schlafen auf Stroh bei Vater Rhein, das weißt du doch schon seit heute Nachmittag?" Es war also wahr!
Wie war ich froh, dass Mutter lachte und ganz fröhlich rief: „Marie-Mariechen! Nur gut, dass unsere fast neuen Bettchen nicht bei euch in Köln am Vater Rhein stehen!"

SEINE MUTTER

Sie waren zehn Kinder, seine Mutter hatte keinen Mann. Sie wohnten in der Reichenstraße Nummer sieben und waren arm, sehr arm sogar. Sieben Kinder starben an Hunger und Krankheit, zwei zogen zum Vater und kamen bei Angriffen ums Leben. Nur er blieb bei seiner Mutter.

Einen Sohn hatte sie noch, aber keinen Mann mehr. Der Winter war sehr kalt und die Armen in der Reichenstraße froren. Auch sie hatte nichts zu essen, keine warme Kleidung, keine Heizung, kein Wasser zum Trinken. Alles war zu Eis gefroren, und jeder erstarrte beim Anblick von noch mehr Frost und Schnee.

Morgens kamen die Lastwagen vorgefahren und holten die Toten ab. Junge Soldaten trugen sie aus dem Haus, und legten die steifen Körper mit steifen Fingern vorsichtig auf die Ladefläche. Dann fuhren sie ab, und durch das weiße Leichentuch drang nur das Geräusch des abfahrenden Lasters. Zuerst starben die Alten und die Säuglinge. Eine Straße weiter war die Namenlose Straße. Alle sprachen nur noch davon, dass man auch ihre Straße wohl bald so nennen konnte, wenn...

Ja, wenn es doch endlich zu Ende sein könnte. Es gab keine Milch für die Kleinen, keine Seife, kein Wasser zum Säubern der Kinder und Waschen der Windeln, und doch wurden in der Reichenstraße immer noch Kinder geboren. Auch dann kam der Lastwagen, die schwangeren Frauen wurden vorsichtig hinaufgeschoben und ins Lazarett gefahren. Dort wurden die neuen Bewohner der Reichenstraße geboren. Viele waren namenlose Kinder. Die Mütter wollten sie eigentlich gar

nicht haben. Aber der Lastwagen fuhr sie mit den Frauen wieder zurück. Seine Mutter war noch jung. Bald kannte sie einen der jungen Soldaten.
Von da an hatten sie jeden Tag satt zu essen, es gab sogar Schokolade und Milch. Auch Kohlen wurden auf dem Lastwagen gebracht. Er half beim Abladen, musste aber ins Haus gehen, bevor die steifen Körper auf die Ladefläche gelegt wurden. So ging es einen ganzen Winter lang.
Seine Mutter hatte wieder einen Mann, und im nächsten Sommer kam sein kleiner Bruder auf die Welt. Er liebte ihn über alles. Bald kamen Zwillinge hinzu. Es waren Mädchen, und niemand konnte die beiden Kleinen auseinander halten. Auch um sie kümmerte er sich. Er war nun schon zehn Jahre alt und ging auch zur Schule. Sein Name war Jan Müller - und das fanden alle zum Lachen. Sie hänselten ihn und riefen: „Er ist in seinen eigenen Mehlsack gefallen!"
Das hätte ihn nicht weiter gestört, wenn, ja - wenn sie nicht vor Lachen gebrüllt hätten: „Nur den Bruder und seine Schwestern hat er vergessen!" Seine Mutter hatte einen dunklen Mann und drei niedliche schwarze Kinder. „Mach' dir nichts daraus, Jan Müller. Ob Müller oder Miller, was tut das schon zur Sache!" Das sagte der Mann, dann heiratete er die Mutter. Von jetzt an hießen alle Miller, und sie zogen in eine andere Stadt.

SCHWARZ ✝ WEIß

SCHWARZMARKTKURSE

Dollar-DM-Gold-Diamanten-Uran-Kfz
Tagespreise: ....

Im Dauerangebot: Zigaretten

Videofilme

Apfelkiste Birnen Speck Bohnsack Butter -
Eier CDs Mehl Recorder Paß Flugticket Vi-
deofilme   Scheckkarten   Telefonkarten
Schecks Uhren Visum Porzellan PC Kaffee
Kartoffelsack Kohlköpfe Speck Schinken
Schnaps Schmalz Tafelsilber TV Tabak
Wurst Zigaretten Zwiebeln Zucker Fleisch.

Ganz Neu im Angebot: FarbTV
Alle Waren
unterliegen Kursschwankungen
gez. Gebr. Bohnsack

Schweißgebadet wachte ich auf. Ich sah diese merkwürdige Tafel der Gebrüder Bohnsack noch vor mir, und hatte schreckliche Angst. Ich war doch gerade dabei gewesen, die Apfelkiste, den Sack mit den Birnen, Bohnen und den Speck wieder in meinem neuen Auto Marke Japan zu verstauen.

Ich schüttelte den Kopf. Es war nur ein böser Traum gewesen, Bonzo Bohnsack hatte seine Schwester Elvira gar nicht erschossen. Gestern und heute, es war alles durcheinander geraten. Da war die Hamsterfahrt, die ich als Kind unternahm, dort der heutige Schwarzmarkt mit seinen modernen und doch auch so altmodischen Kursen. Hamstern, klauen, essen, tauschen. Die Nachfrage oder der blanke Hunger bestimmen den Schwarzmarkt.

In meinem bösen Traum von heute und gestern hatte ich die Butterpakete und die Steige mit den Eiern beim Motor versteckt, aber meine Hamsterfahrt hatte nicht lange gedauert. Ich wurde wie damals an der Stadtgrenze von den Bohnsacks angehalten.

Bonzo Bohnsack jun. steckte aber nicht mehr in einem Matrosenanzug, sondern in einer richtigen Uniform und erkannte mich gleich. Neben ihm hatte seine Schwester Elvira auf einem Campingstühlchen Platz genommen. Sie trug immer noch diesen komischen Herrenschnitt, und die grüne Schmetterlingskrawatte und war genau so klein wie immer. Nein, sie war nicht gewachsen. Sie bewachte die Zigarettenstangen Marke West und zeigte auf die Farbfernseher. Ich hatte nur freundlich genickt, da hielt mich Bonzo Bohnsack an.

Ich sollte meinen Pass, den Führerschein und meine Autopapiere vorzeigen. Das verwirrte mich, denn eigentlich war ich ja gar nicht mit dem Auto, sondern mit dem alten Fahrrad von Onkel Hans unterwegs. Trotzdem oder gleichzeitig saß ich in einem japanischen Sportwagen. Ich kurbelte aber gehorsam das Fenster herunter.

Bonzo Bohnsack war auch nicht größer geworden. Die Uniform konnte nicht darüber hinwegtäuschen, dass er noch immer der dürre Junge von einst war. Zu klein, zu ängstlich, immer weinend und mit einer voll gepinkelten Unterhose. Er konnte gerade in das Autofenster schauen. Bonzo sah mich prüfend an. Erkannte er mich doch nicht?

„Sie sprechen Deutsch?" fragte er. Ich erwiderte: „Spinnst du jetzt ganz und gar, Bonzo Bohnsack?" Das hätte ich nicht sagen sollen. Elvira lachte und nickte. Dann hielt sie dieses verdammte Schild hoch. Plötzlich tauchte auch noch Großvater Emil Bohnsack auf. Er sah wie immer aus. Wie, ja - wie eigentlich? So wie damals, als er uns nach unserer erfolgreichen Hamsterfahrt angehalten hatte.

Irgendwie sah das wie mumifiziert aus, und das jagte mir einen solchen Schreck ein, dass ich wie verrückt vor Angst Gas gab. Ich fuhr genau in Elviras Zigaretten- stangenwand Marke West hinein und durchlöcherte das große Schild.

Ich muss wohl durch den Aufprall für kurze Zeit ohn- mächtig gewesen sein, wenigstens wurde es noch ver- wirrender. Bonzo Bohnsack sen. stand plötzlich neben meinem Fahrrad und überprüfte die Bremse. Ich wusste gleich, das kann nur der berühmte Vaterlandskämpfer Bonzo Bohnsack sein. Ich hatte ihn nur auf Fotos gese- hen. Elvira und Bonzo hatten es mir so oft gezeigt. Sie waren so stolz auf den Vater gewesen. Er hatte immer noch diese Uniform von dem Foto an, die Orden konnte ich deutlich erkennen! Ich wunderte mich, er war doch hingerichtet worden. Mir wurde schlecht vor Angst, aber

er lächelte freundlich und hatte gar nichts an meinem Fahrrad auszusetzen. Da kam ich wieder zu mir. Bonzo jun. aß einen Apfel und wühlte in dem großen Sack. Der Speck klemmte hinter den Scheibenwischern, und Elvira sagte: „Du brauchst einen neuen Pass!" Ich fragte vorsichtshalber: „Kann ich mit DM bezahlen?"
Die drei Bohnsacks berieten sich. Dann nahmen sie mir wortlos all mein Hamstergut ab. Elvira flüsterte: „Wo hast du den Flügel von deinem Onkel versteckt?" Bonzo nickte, sprang wie wild geworden um mein Auto herum und schaute unter die Motorhaube. Ich dachte: ‚Wenn er nun die Butter und Eier findet, was sage ich dann?' Doch er fragte nur: „Wo hast du den Flügel von deinem Onkel versteckt?" „Aha, ihr erkennt mich! Ihr habt ihn doch schon gekriegt", rief ich. Die Gebrüder Bohnsack und Elvira sahen sich an. Dann berieten sie sich wieder. Elvira war meine Freundin gewesen. Sie sah mich unsicher an. Hatte sie nicht auf Onkel Brunos Flügel Klavierspielen gelernt? „Elvira, kleine Elvira Bohnsack, erkennst du mich denn nicht?" Der Schweiß war mir über das Gesicht gelaufen. Da zog Bonzo Bohnsack eine Waffe aus seiner Uniformjacke, so wie er das immer getan hatte. Aber Elvira versteckte sich hinter den Farbfernsehern. Ich sprang aus meinem japanischen Auto und raffte mein Hamstergut zusammen. Ich trug es wieder zurück, verstaute alles und rief: „Den Flügel und alle anderen Sachen, die habt ihr doch gestern gekriegt!" Elvira schrie ängstlich: „Gestern ist gestern und heute heute!" Da knallte Bonzo Bohnsack seine Schwester ab. Ich wachte auf.

DER BADEWANNENTRICK

Man nehme zwei Tischtennisschläger, und lasse sie unter dem Pullover verschwinden. Die Lieblingslektüre soll offen in der Hand getragen werden. Noch eindrucksvoller ist es, wenn man laut rufend im ganzen Hause nachfragt, wer sie sich wieder ausgeliehen hat. So macht man darauf aufmerksam, dass man sich für mindestens ein halbe Stunde ins wohlverdiente Bad - sprich in die Badewanne - zurückzieht und nicht gestört werden möchte.

Unsere Mutter gab meinem Bruder mit zufriedenem Gesichtsausdruck ein frisches Badelaken, einen Fichtennadelbadezusatz, frische Unterwäsche, Socken und ein weißes Hemd. Dann verschwand er im Badezimmer. Wir hatten nur ein Klo, und das war in diesem Bad. Jeder ging vorher aufs Örtchen, nur ich vergaß es regelmäßig. Wenn ich an die Tür bollerte, schrie mein Bruder aus der Badewanne zu mir in den Hausflur hinaus: „Kannst du nicht warten, bis ich in Ruhe gebadet habe?" Es plätscherte und rauschte, als ob wir uns in einer Schlucht oder auf einem Kanu unterhielten. Eine Fichtennadelduftwolke unterstrich den Eindruck der unberührten Natur. Das Treppenhaus versank in einer etwas feuchten Wolke. Ja, mein Bruder verstand sich aufs ausgiebige Baden. Mutter tat ihm unrecht, wenn sie immer wieder behauptete, er sei wasserscheu und hätte einen schmutzigen Hals und noch schmutzigere Füße. Ich konnte das nicht sehen, fand unsere Mutter eigentlich ganz unerträglich spießig und streng. O, ich liebte meinen großen Bruder, und ich bewunderte ihn. Aber manchmal ärgerte ich mich auch.

Da erinnere ich mich zum Beispiel an seine blöden Sprüche. Mutter war im Krankenhaus gewesen, nichts Ernstes. Aber wir beide waren alleine zu Hause, und er war faul. Er räumte niemals auf, das konnte ich machen. Er sagte: „Wozu hat man eine Schwester!"

Dann die Sache mit seinen Semmelknödeln. Wir wollten Mutter eine Freude bereiten und hatten ein wirklich gutes Essen vorbereitet. Mein Bruder konnte gut kochen, das heißt, wenn er dazu Lust hatte. An diesem Tage hatte er. Da machte er in seine Knödel ein Kreuz und sagte: „Was du in deinen dreckigen Händen gehabt hast, das will ich nicht essen!"

Als Mutter dann aus dem Krankenhaus nach Hause kam, stocherte mein Bruder in der großen Knödelschüssel herum und konnte seine nicht herausfinden. Mutter hatte gelacht, er hatte zu mir gesagt: „Du bist 'ne ganz blöde Zimtziege!"

Ach - als wir dann diese endgültige Nachricht bekamen, weinte Mutter nur noch und ich sagte: „Er hat sich aber doch den Hals und die Füße gewaschen, Mama!"

Sie schluchzte. „Hat er nicht, und braucht er nicht! Es waren nur die Tischtennisschläger, die er gewaschen hat. Er hat sie im Wasser hin und her bewegt. Das war sein Badewannentrick!"

DIE PERLENKETTE

Wir traten also ein. Mutter griff sich dabei so an den Hals, als sei der Kragen ihres Kleides etwas zu eng. Sie atmete heftig. „Wahrsagerin - R. Ruskowa. Warteraum", las Mutter laut. ,Seltsames Licht' dachte ich und bemerkte, dass ganz dichte Vorhänge vor den Fenstern waren. Ein schwacher Schimmer von einer Lampe in der Mitte des Warteraums fiel auf einen blanken Tisch. Von dort verteilte sich das Licht über das Zimmer.

Wir warteten eine ganze Weile. Wir hatten uns auf weinrote Samtsessel gesetzt. Zuerst blätterte Mutter in einer Zeitschrift und sah sich Frauen an, die Kleider mit ganz vielen Knöpfen trugen. Von oben bis unten waren sie zugeknöpft. Lange sah sie auf eine Frau, die mit einem solchen Kleid und seltsamen Schuhen an den Füßen auf einem Klavier saß. Ich sah auf meine Schuhe. Eigentlich wollte ich nur sehen, wie die da hinten bei der Ferse aussahen.

„Perser", sagt Mutter leise. „Was?" fragte ich zurück. „Der Teppich", meinte sie. Ich sah genau hin. ,Perser', dachte ich, ,wieso heißt der Teppich nicht Teppich?' Dann stand Mutter unruhig auf und las irgend etwas, was an die Wand genagelt war. Dabei tastete sie nach ihrer schwarzen Handtasche, die sie auf den blanken Tisch gelegt hatte. Sie schob sie unter den Arm und las weiter. Ich fühlte mich beobachtet. Unruhig rutschte ich hin und her. Ich sah auf eine Zimmertür, es bewegte sich etwas, die Türklinke wurde heruntergedrückt. Da stand die Frau und ich fand, sie sah gar nicht aus, als ob sie zaubern konnte. Kein Zylinder, kein Stock, nichts. In dem Raum hinter ihr sah ich, dass Kerzen angezündet waren. Das machte mich neugierig.

Zuerst begrüßte sie Mutter, dann sah sie mich an. „Was machen wir denn mit dir?" Das fragte sie Mutter, obwohl sie natürlich mich meinte. Was sollte ich darauf antworten? Ich sah Mutter ängstlich an.

„Wenn Sie nichts dagegen haben", sagte Mutter zögernd, „sie könnte mit hineinkommen. Sie versteht nichts davon. Sie ist ja noch viel zu klein." Die Wahrsagerin besann sich eine Weile, wiegte den Kopf hin und her, aber dann ging ich mit in den anderen Raum hinein. Wir setzten uns, und ich sah in die brennenden Kerzen. Es war das einzige Licht in diesem Raum, alles andere trat ins Dunkle zurück. Endlich, die beiden Frauen unterhielten sich schon eine ganze Weile über Wahrsagen oder Zaubertricks, hatte ich mich an das Dämmerlicht gewöhnt. Die Frau rauchte. Sie bot Mutter auch eine Zigarette an. Aber Mutter wollte nicht rauchen. ‚Schade', dachte ich. Ich hätte gern gesehen, dass Mutter auch so ein Ding in den Mund steckte. Wie das bei ihr wohl aussehen würde, wenn der Rauch wieder aus der Nase heraustrat, und ob sie ihn auch in Ringen um die Flammen der Kerzen wickeln konnte? ‚Was für Tricks die wohl noch macht?' Ich beobachtete sie. Aber sie sprach jetzt nur noch mit Mutter.

Es schien für Mutter sehr wichtig zu sein. Sie hörte angespannt zu, das tat sie bei mir nie. Wenn ich ihr etwas erzählte, sagte sie entweder gar nichts dazu oder antwortete nur: „Kleine Kinder verstehen noch nichts von solchen Dingen. Werde du erst einmal älter, dann können wir uns darüber unterhalten!"

Ich hatte einen merkwürdigen Kasten entdeckt. Eigentlich sah er wie ein langer Volksempfänger aus, den man auf die Seite gelegt hatte. Ob das wohl ihr Trickapparat war, überlegt ich. Ich starrte das Ding an. Ich hörte nicht mehr zu, was die beiden Frauen redeten. Mutter hatte wieder etwas von ihrem Mann zu erzählen, und das interessierte mich ohnehin nicht. Immer redete sie nur von ihm.

Dann schienen sie sich über irgendetwas einig geworden zu sein. Die Zauberin drückte ihre Zigarette in einem Aschenbecher neben den Kerzen aus und stand auf. „Ich mach' uns einen Kaffee", sagte sie zu Mutter und ging zu diesem seltsamen Zauberkasten herüber. „Weißt du, was das ist?", fragte sie mich. Ich schüttelte den Kopf. Sie hantierte an dem Kasten herum und klappte unten eine Tür auf. Dort entnahm sie ein rundes schwarzes Ding. ‚Jetzt,' dachte ich und war ganz atemlos, ‚sie versucht ihre Tricks!' Gespannt hing ich an ihren Bewegungen. Ich wollte genau sehen, was sie tat. Aber sie klappte nur wieder etwas hoch und legte ein rundes schwarzes Ding ein. „Ein Schallplattenspieler", erklärte sie mir. Das sagte mir allerdings nichts. „Das Wunder der modernen Technik!", sagte sie in das atemlose Schweigen hinein. Dann hob sie ihren Arm und fuhr mit der Hand herab. Ich wäre beinahe vor Schreck vom Stuhl gefallen!

Wie auf einen Zauberschlag ertönte Musik. Und was für Musik! Großartig schwoll es aus dem Zauberkasten hervor! Ich war überwältigt, sie konnte tatsächlich richtig zaubern! Sie verließ den Raum. Ich starrte auf die schwarze Scheibe, die sich langsam drehte. ‚Zauberei', dachte ich, ‚das gibt es also doch!'

Nach einer Weile kam sie wieder. Sie trug ein Tablett in der Hand. Wunderbarer Kaffeeduft durchströmte den Raum, schien um sie herumzuschweben, verfolgte sie, wie sie an den Tisch trat und die Kanne und die Tassen absetzte. „Zucker und Sahne?", fragte sie Mutter, und aus dem Zauberkasten kam weiter diese zauberhaft schöne Musik.

„Können Sie zaubern?", fragte Mutter und lachte ganz entspannt. „Kaffee habe ich ja nun schon Jahre nicht mehr getrunken!" Die Zauberin wiegte den Kopf hin und her und meinte: „Nun ja, für Geld bekommt man alles, besser natürlich sind Wertgegenstände." Dann reichte sie mir die Zuckerdose herüber. „Nimm Dir", sagte sie und ich sah richtigen Würfelzucker, schneeweißen Würfelzucker! Andächtig nahm ich ein Stückchen. „Nun nimm dir schon", lachte sie und schüttete den ganzen Inhalt der Dose auf meinen Schoß.

Die Frauen tranken Kaffee, die Zauberin hatte sich wieder eine Zigarette angezündet. Eine ganz schmale Zigarette, die sie aus einem goldenen Etui nahm. Und wir hörten Musik bis die Frau fragte: „Haben Sie die Briefe mitgebracht?" Mutter kramte schnell die Briefe aus ihrer schwarzen Handtasche. Warum ließ sie nicht wieder zuschnappen, warum legte sie aufgeklappt auf den Tisch? Ich hatte fast den Eindruck, dass sie das absichtlich tat. Vielleicht sollte die Zauberin die Perlenkette sogar sehen. Die Frau betrachtete das zugeschnürte Bündel und legte ihre Hand darauf. Dann schenkte sie noch einmal Kaffee ein. „Möchten Sie noch mehr?", fragte sie Mutter, „ich würde sonst noch welchen aufgießen."

„O nein, danke! Ich bin es ja gar nicht mehr gewohnt! Ich habe schon Herzklopfen." Meine Mutter faste sich dabei an den Hals, und ich überlegte, weshalb sie ihre Hand nicht da ans Herz legte. Aber jetzt stand die Frau noch einmal auf. Sie nahm eine kleinen Schale mit Gebäck aus dem Zauberschrank und sagte zu mir und Mutter: „Das hätte ich ja fast vergessen!" Ich war sprachlos. Während die Musik spielt, die Zauberin hatte nochmals den Trick vorgeführt und wieder eine solche Scheibe zum Drehen gebracht, knabberte ich Gebäck und lutschte Würfelzucker. Mutter und die Wahrsagerin unterhielten sich nun wieder über Mutters Mann.

„Wenn er noch am Leben ist", sagte die Zauberin, „können wir natürlich keine Verbindung herstellen." Mutter nickte. Die Zauberin fuhr fort: „Wir werden es zuerst mit dem Pendel versuchen. Schlägt es aus, ist Ihr Mann am Leben." Mutter nickte wieder. „Haben wir damit aber keinen Erfolg, so müssen wir versuchen, Kontakt aufzunehmen. Sie verstehen?" Mutter nickte tonlos. „Zuerst darf ich aber bitte einmal Ihre Hand sehen." Mutter reichte der Zauberin die mit dem goldenen Ehering. Sie guckte stumm auf Mutters Handfläche und Mutter saß ganz gerade. „Lebt mein Mann noch, und wo?", schoss es aus ihr heraus.„Das kann man dort nicht feststellen", sagte die Frau. „Ich sehe Schicksalslinien." Mehr konnte Mutter ihr nicht entlocken. Ich seufzte. Immer drehte sich nur alles um Mutters Mann. Dann machte sich die Zauberin an einem Schränkchen zu schaffen. Sie legte eine Landkarte auf den Tisch, eine Glaspendel und Spielkarten. „Zuerst einmal lege ich jetzt Ihre Karten", meinte sie und blätterte sie auf. Das fand ich langweilig. Diese Kartentricks kannte ich ja schon. Ich knabberte weiter. Die Zauberin breitete die Landkarte aus. „Ich will gar nicht wissen", sagte sie zu Mutter, „woher die letzte Nachricht von Ihrem Gatten kam."
Sie strich die Karte glatt. „Aber aus Europa war es doch wohl?", fragte sie Mutter. Gern hätte ich gerufen: ‚Vielleicht ist er in Frankreich!' Aber da die Zauberin so nett zu mir gewesen war, wollte ich den Frauen den Spaß

nicht verderben. Sollte die Zauberin doch raten, wo mein Vater steckte. Mutter hatte gerade wieder genickt.

„Es erfordert große Konzentration", sagte sie zu Mutter und stand auf. Sie brachte die Musik zum Schweigen. ‚Schade', dachte ich.

Dann setzte sich sie sich mit aufgestütztem Kopf geradewegs so hin, dass sie in die kleine Glaskugel sehen konnte. Das Pendel war wohl jetzt an der Zimmerdecke befestigt. So genau konnte ich es in dem gedämpften Licht nicht erkennen. Es hing aber etwas über der Landkarte. Schweigend warteten wir. Es war vollkommene Ruhe um uns herum. Ich wagte auch nicht zu knabbern. Zeit - dachte ich. Das ist wieder die Zeit. Mir wurde bewusst, dass die Zeit verrann. Doch nichts Bemerkenswertes geschah.

Mutter sah gebannt auf die Zauberin. Kerzengerade, gerade so, als wollte sie abfedern. Niemand bewegte sich, die Kugel am allerwenigsten. Endlich, wie viel Zeit nun wohl schon vergangen war? Die Zauberin schüttelte sachte den Kopf. Mutter brach in Tränen aus. „Es hat nichts zu bedeuten", tröstete die Zauberin. Ich konnte jetzt weiterknabbern.

„Wir werden nun versuchen, Kontakt aufzunehmen. Wenn das misslingt, versuchen wir's noch einmal." Umständlich nahm sie die Landkarte, die Spielkarten, die Kaffeekanne und die Tassen vom Tisch. ‚Jetzt', dachte ich voll Spannung, ‚kommt wieder einer ihrer Zaubertricks.' Ich war davon überzeugt, dass sie sich noch überbieten würde.

Da sagte Mutter plötzlich: „Ich will es doch lieber nicht herausfordern!" Sanft antwortete die Zauberin: „Das kann ich natürlich nur ganz allein Ihrer Entscheidung überlassen. Ich bin nur das Medium." ‚Wieso', dachte ich, ‚kein neuer Trick?‘ Mutter war wirklich immer zu langweilig! Enttäuscht wollte ich mich schon wieder der Knabberei zuwenden, da entschied Mutter sich doch für die Fortführung des Experiments. Sie musste sich nach Anweisungen an den Tisch setzen. Mit ihren Händen musste sie die Tischkante fest anpacken. Ihr Körper wurde ganz entspannt an die Stuhllehne gedrückt. Die Zauberin setzte sich genauso hin. Vorher hatte sie alle Kerzen bis auf eine einzige gelöscht.

Die Frau murmelte etwas. So sehr ich auch die Ohren spitzte, ich konnte die Zauberformel nicht erhaschen. Aber - so wusste ich - das war Absicht. Zwischendurch schwieg sie, und alles war in tiefe Dunkelheit getaucht. Nur Mutters ruckartiges Atmen war zu hören. Vor lauter Spannung, was passieren würde, achtete ich auf gar nichts anderes. Die Zeit ging ohnehin schnell voran, das fühlte ich. Der Trick schien diesmal nicht zu klappen. Sie murmelte, aber keine Musik oder was sie immer erwartete, ertönte. Plötzlich wurde die Zauberin ganz unruhig, ihr Murmeln wurde zu Worten. Ich konnte aber den Sinn der Worte nicht erkennen. Sie war so nett, sie hatte mir doch so viel zum Knabbern gegeben, da hätte ich ihr auch gegönnt, dass ihr dieser Zaubertrick gelänge.

Seltsam erschien mir nur, dass sie und Mutter über das Misslingen dieses großartig anzusehenden Tricks mehr als erleichtert waren. Sie breitete nämlich wieder die Landkarte aus, alles wurde wiederholt.

Es gelang offensichtlich. Was allerdings die beiden Frauen so in Verzückung versetzte, als der Schatten des Pendels auf Frankreich, ganz deutlich auf Frankreich zeigte, konnte ich überhaupt nicht verstehen. Den Trick mit der schwarzen Platte, den fand ich eindeutig besser! Aber Mutter schien nicht dieser Meinung zu sein. Sie lachte immerzu, und auf dem Heimweg sagte sie heiter: „Das ist doch eine echte Perlenkette wert!"

MAIKÄFER- FLIEG!
DEIN VATER IST IM KRIEG!

Dein' Mutter ist in Pommernland, Pommernland ist abgebrannt! Maikäfer - flieg! Sie sang dieses traurige Kinderlied und lachte. Alle klatschten Beifall.

„Das hast du gut gemacht. Kannst du denn noch so ein schönes Lied singen?" Sie überlegte, zögerte und schaute den Offizier nicht an. Dann schüttelte sie den Kopf. „Und die anderen?" Er sah die Kinder fragend an. Sie lachten.

Nein, sie kannten keine deutschen Lieder. Da holte er seine Gitarre und sang ihnen alle diese Kinderlieder vor. Er war traurig, denn er dachte an seine eigene Kindheit, an Krieg und jetzt war wieder Krieg. Wie von alleine glitten seine Finger über die Saiten. Am liebsten hätte er geweint. Kriege, nichts als Kriege! In ihm kam Zorn hoch.

War er deshalb Soldat geworden? Er wollte Frieden schaffen helfen. Er spielte das Lied vom Maikäfer. ‚Dreißigjähriger Krieg, Papa, wie lange ist das?' Das hatte sein jüngster Sohn ihn beim Abflug gefragt, und er hatte geantwortet: „Du musst dir keine Sorgen machen, Hans-Peter! Wir kommen bald wieder zurück!" Er machte eine Pause und lächelte die Kinder an. Sie klatschten in die Hände, lachten und sangen schon das Lied vom Maikäfer. Immer wieder wollten sie es hören. Dann spielte er „Hänschen klein, ging allein - in die weite Welt hinein!" Die Kinder klatschten und wippten im Takt hin und her! Bald sangen sie auch dieses Lied. Er hatte nur eine Tafel Schokolade und überlegte. Sollte er sie aufteilen? Vierzig kleine Kinder und nur eine Tafel Schokolade? Hans-

Peter aß Schokolade wie Brot, das sagte immer sein Vater, der Großvater seines Sohnes. Eigentlich war es nicht sein richtiger Vater. Den hatte er gar nicht gekannt. Er war immer noch vermisst, und seine Mutter war gar nicht mit Opa verheiratet. Weil Vater doch noch als vermisst galt.

Vielleicht wollten Oma und Opa aber doch bald heiraten. Sein richtiger Vater war in russische Gefangenschaft gekommen, das wussten sie. Wenn sie erfahren konnten, dass er nicht mehr lebte, dann konnten sie heiraten. Er spielte schneller und sang wieder das Lied vom Maikäfer. „Maikäfer, flieg! Dein Vater ist im Krieg!" Was würde aber sein, wenn sein richtiger Vater doch noch irgendwo lebte....

Das kleine Mädchen sah ihn jetzt mit ihren schwarzen Augen an. Sie lächelte. Da zog er die Tafel Schokolade aus der Tasche und legte sie in ihre kleine Hand. Ihre Augen waren so groß, so schwarz, so blank! Der Offizier senkte den Blick und half ihr, die Tafel in kleine Bröckchen zu zerteilen. Jedes Kind bekam etwas, und alle ließen es sich schmecken.

WER MIT DEM BUS KOMMT...

Der ist kein Flüchtling! Das hörte er immer wieder. Sein Asylantrag wurde abgelehnt. Nun durfte er sich nicht mehr in Deutschland aufhalten.

Er war aber gar nicht mit dem Bus gekommen. Wie konnte man auch von Afrika nach Kiel mit dem Bus reisen, das war einfach nicht möglich. Touristen flogen mit dem Flugzeug, wenn sie schon im Ruhestand waren, vielleicht mit einem Schiff nach Afrika und wieder zurück. Nein, mit dem Bus war er nicht gekommen, das versicherte er immer wieder. Aber durch den Busch war er geflüchtet.

Ganz korrekt ausgedrückt: Man hatte ihn mit vielen anderen Jugendlichen auf einem Lastwagen in den Busch gebracht. Und einigen war die Flucht gelungen. Die anderen verhungerten, verdursteten, wurden von wilden Tieren angefallen. Das hatten seine Landsleute auch gewollt. Dass einer von ihnen durch den Busch an die Grenze zum Nachbarland, dadurch in die Freiheit und schließlich nach Deutschland kommen konnte, das hatten die Militärs überhaupt nicht beabsichtigt.

Seine Familie war bis auf eine Schwester im Krieg und an Hunger und Folter gestorben, sein Heimatdorf war ausgelöscht worden. Seine kleine Schwester hatte Glück gehabt, sie wurde nach Europa gebracht. Viele hatten sich um Kinder bemüht, sie ärztlich versorgt, sie vor dem Hungertod bewahrt, einige adoptierten auch Jungen und Mädchen. Auch ihm war geholfen worden. Aber dann gab es wieder Aufstände und schließlich Krieg. Man hatte ihn mit vielen anderen eingesperrt. Daran dachte er nicht gern, darüber sprach er jetzt mit dem

Pfarrer. Man hatte ihn einfach eingesperrt! Er war gar nicht mit einem Bus gefahren! Er kam ja aus einem Kriegs- oder Krisengebiet. Da gab es immer noch Folter - oder man brachte die Unliebsamen einfach in den Busch. Die Übersetzerin hatte einen Fehler gemacht. Das kann jedem passieren, meinte er. Sie hätte statt Busch nur Bus geschrieben. Und weil das Protokoll schon getippt war, wollte sie es nicht wieder ändern. Für sie war es auch wirklich kein großer Fehler. Was macht das schon, ob da Bus oder Busch stand. Wer mit dem Bus fahren kann, der ist kein Verfolgter, so war per Gesetz entschieden worden. Auch zu seiner Schwester konnte er nicht reisen. Er durfte sich hier nicht länger aufhalten. Wirtschaftsasylant, so nennt man das in Deutschland. Der Pfarrer konnte ihm und auch sich nicht erklären, was das heißen sollte. Aber wer mit dem Bus kommen kann, so war entschieden worden, der hat kein Bleiberecht. Und dann erzählte er noch einmal seine Geschichte.

BUS

Bu s

BUSCH

ohne Kommentar; aber ein Erinnerungsfo-
to wollte er doch gern haben - das machte
der Pfarrer, und er nahm es im Flugzeug
mit nach Afrika

KRIEG - KRIEGE - WIE VIELE
waren es - werden wir noch zählen

WAISENKINDER

Es hatte sich schnell herumgesprochen.

Die Amerikaner gaben an Kinder ohne Eltern warmes Essen aus. Deshalb machten sich die Brüder auf den Weg durch das gefährliche Dschungelgebiet. Zuhause gab es wirklich nicht mehr viel zu essen. Ihr Vater war bei der Feldarbeit getötet und ihr Haus niedergebrannt worden. Sie hatten sich zusammen mit der Mutter noch gerade rechtzeitig verstecken können, so ihr nacktes Leben gerettet. Die Mutter bemühte sich, so gut sie nur konnte für die beiden Jungen zu sorgen. Aber was sollte sie machen. Das, was ihnen nach dem Überfall geblieben war, reichte hinten und vorne nicht. Viele Frauen ließen sich mit den fremden Soldaten ein, aber so etwas tat sie nicht.

Alle Dorfkinder gingen jeden Tag den langen Weg bis zum Stadtrand. Dort standen die Soldaten bereit und teilten jedem Kind eine Schüssel gekochten Reis zu. Zuerst waren sie gefragt worden, wo sie herkamen, ob sie wirklich niemanden mehr hätten, der für sie sorgen konnte. Alle Kinder hatten einfach gesagt, dass beide Eltern umgebracht worden seien. Die Amerikaner prüfen es nicht nach, sie hatten freundlich genickt und ihnen eine Blechschüssel gegeben. Darin und von da an hatten sie zu essen bekommen. Die Amerikaner schrieben den Namen jedes Kindes auf und sein Alter, das war alles.

Am nächsten Tag wurden sie schon mit Namen begrüßt, und die Kinder lernten die ersten amerikanischen Brocken. Die beiden Brüder nannten alle amerikanischen Soldaten Mister Kaugummi-Bill, und sie wurden jeden

Tag mit denselben Worten begrüßt: „Hallo, Mister Kim and Schuwigammi!" Das nannten sie den Kaugummi-spaß, denn sie waren Freunde geworden und verstanden sich prächtig! Schließlich blieben viele Kinder gleich am Stadtrand und legten sich dort auf die Erde. Die meisten hatten ja auch niemanden mehr, der nach ihnen fragte. Die Brüder gingen aber noch jeden Tag den weiten Weg wieder zur Mutter zurück.

Als sie eines Tages am Stadtrand erschienen, sahen sie dort mehrere Lastwagen stehen. Sie gingen neugierig näher. Da standen einige amerikanische Soldaten, die sie noch nicht kannten.

Sie hatten Listen in der Hand und lasen Namen vor. Auch sie kamen an die Reihe. Sie wurden von ihrem schwarzen Freund Mister Kaugummi-Bill zu den Sol-daten gebracht. Sie kriegten neue Kleider, sogar Schuhe, Schokolade und soviel Kaugummi wie sie haben woll-ten. Die beiden stopften sich die Taschen voll. Ihr Freund lachte immerzu und nannte sie: „Brother Kau-gummi-Bill". Ja, sie waren mit einem Male Amerikaner, und die Waisenkinder flogen noch am selben Tag zu ihren neuen Familien in die Vereinigten Staaten. Auch die beiden Brüder waren unter ihnen.

Bemerkung:
Die Brüder helfen heute mit amerikani-schem Know-how beim Aufbau ihrer Hei-mat. Ihre Mutter lebt noch.

Pfingsten

feiern wir ein Friedensfest
in unserer
Fliederlaube
Dazu seid Ihr herzlich eingeladen!

Pfingsten und Fliederlaube, das hatte ich geschrieben. Der Tintenstift war mit etwas Spucke angefeuchtet. Von meiner Tante Liese war mir die Hand geführt worden. Sie schrieb den Rest. Dann drückten wir mit Omas Rillenrädchen auf die grünen Packpapierstreifen seitlich eine richtige Abreißlinie hinein, mit der feinen Zackenschere schnitten wir die Einladungskarten aus.

Die blaue Schrift auf dem grünen Papier sah wirklich gut aus. Sogar Mutter war mit den vierzig Einladungen sehr zufrieden - sie lobte Tante Liese und mich. „Woher habt ihr denn das Papier?" fragte sie. „Deine Tochter ist ja nicht dumm", meinte meine Tante. „Sie stöbert jede freie Minute auf dem Dachboden herum. Da sind noch viele Kisten mit Büchern. Sie sind nicht mehr verkauft, nicht einmal von mir gelesen worden. Ich habe sie vor meinem Untertauchen nämlich nicht mehr auspacken können!" Ich wollte nun eigentlich gleich wieder die spannende Geschichte von ihrem Untertauchen hören. Aber meine Tante schaute mich nicht an, sondern strich unsere Einladungskarten glatt. Ich war stolz darauf, das Packpapier entdeckt zu haben. Das war etwas ganz besonderes, denn Papier gab es schon lange nicht mehr zu kaufen.

Natürlich hatte ich auf dem Dachboden alle Kästen ausgepackt, auch Tante Lieses vielen Bücherkisten. Wenn ich mir die bunten Bilder in den dicken Büchern lange genug angeschaut hatte, waren sie wieder sorgfältig eingewickelt worden. Das hatte ich viele Male so gemacht, dabei sogar alles nach Büchern mit und ohne Bilder sortiert. Woher hätte ich sonst wissen sollen, dass da auf dem Dachboden Papier war?

„Was sind das für Bücher?" fragte nun meine Mutter. Tante Liese war Buchhändlerin, Mutter las auch jede Nacht solange, bis es schon fast wieder hell war. Wir waren deshalb sofort auf den Dachboden gestiegen, und ich zeigte ihnen die Bücherkisten. Sie unterhielten sich gleich über Literatur, Kunst und auch darüber, dass Tante Liese so bald wie möglich eine kleine Buchhandlung am Markt eröffnen wollte. Ich hörte nur mit halbem Ohr zu.

Da gab es nämlich ein Buch, das mich besonders interessierte. Ich hatte es auch schon oft betrachtet. Jedes Mal lief mir dabei wieder das Wasser im Mund zusammen, denn da standen leckere Kuchen auf wunderschön gedeckten Sommertischen. „Was heißt denn das?" fragte ich und zeigte auf das Titelbild. „Dein Backbuch!" antwortete Tante Liese und Mutter meinte: „Nimm es 'mal mit nach unten, wir können dann einige Friedensrezepte ausprobieren!"

Aber meine Großmutter schüttelte nur den Kopf. „Wo sollen wir die Zutaten hernehmen?" Ich zeigte auf meinen Lieblingskuchen und forderte sie auf: „Den will ich haben!" Sie schüttelte wieder den Kopf. „Diesen Kuchen können wir nicht backen. Wir haben weder Eier noch

Butter oder Zucker, nicht einmal richtiges Mehl haben wir. Und geriebene Zitronenschale, Puderzucker, eine Vanillestange! Ja, was denkst du, woher kriegen wir das alles?"

„Papier ist geduldig!" Urgroßmutters Bemerkung war nicht hilfreich gewesen. „Meistens stimmen diese Rezepte aus Kochbüchern ohnehin nicht. Entweder geht der Kuchen nicht auf, oder wenn er es tut, dann fällt er anschließend zusammen! Halt dich lieber an unsere alten Familienrezepte!" Ich war sauer und rief trotzig: „Den will ich aber haben! Sonst reiß' ich alle Einladungskarten kaputt!"

Dann ging ich mit Tante Liese zu den Nachbarn. Wir luden sie für den Pfingstsonntag, Punkt vier Uhr, in die blühende Fliederlaube ein. „Was sollen wir denn zu unserem Friedensfest mitbringen?" fragten alle und bewunderten die schöne Einladungskarte. Tante Liese sagte jedes Mal: „Die haben wir aus dem Ölpapier gemacht..." und ich murmelte: „Wenn ihr wollt, könnt ihr einen echten Sandkuchen backen!" Zuhause sah ich das Backbuch auf dem Küchentisch liegen.

Am Sonnabend vor dem Pfingstfest war der Garten noch einmal gefegt und geharkt, alles verfügbare Gestühl aus unserem Haus und von den Nachbarn geholt, und der große Tisch in der Fliederlaube noch einmal gründlich geschrubbt worden. Großmutter hatte schon die Bettlaken als Tischdecken bereit gelegt, und Großvater musste aus einer Gastwirtschaft Gläser und Teller holen. Ich sah dem Treiben zu, dachte an Pfingsten und den wunderbaren Sandkuchen.

Es war ein langes und warmes Pfingstfest mit Fliederduft und glücklichen Menschen. Sie sprachen alle vom Frieden, der nun endlich gekommen war. Nein, heute waren keine Bombenangriffe mehr zu befürchten, aber Spargel, frische Kartoffeln und Schinken, das hatte mittags auch noch niemand gegessen.

Und was war mit meinem Sandkuchen? Jeder brachte etwas Essbares mit, und eine Nachbarin hatte einen Napfkuchen für mich gebacken. Er sah genau so aus wie auf dem Foto in dem Backbuch vom Dachboden. Er stand den ganzen Nachmittag und Abend auf dem Tisch in der Fliederlaube, jeder bewunderte ihn. Dann ging das Fliederlauben - Friedensfest und dieser unvergessliche Pfingstsonntag zu Ende.

Es war und ist Tradition, dass beim Abschied alle Nachbarn Fliedersträuße mitnehmen. „Nun schneiden wir aber noch schnell den Sandkuchen an und du probierst ein Stückchen", meinte unsere Nachbarin als Großvater ihr den wunderbaren Strauß in den Arm drückte. Großmutter hatte schon ein Messer geholt, und setzte es an den Kuchen. Alle sahen ihr erwartungsvoll zu. Aber sie konnte den Kuchen einfach nicht anschneiden. Da wussten alle sofort Bescheid: Man hätte ihn gleich am Nachmittag aufschneiden und essen müssen. Er war Maismehl gebacken und jetzt natürlich steinhart!

Das singende Mädchen

Das Kind saß auf dem Trümmerbrocken und sang. Es war ein Lied ohne Ende. Es schaute und sang vom Trümmerfeld, von den Grashalmen, der Hitze, dem blauen Himmel. Es sah den ausgebrannten Boden, die reifen Grassamen. Das Mädchen mit den langen blonden Zöpfen sang sein unendliches Lied lautlos. Vorbei, zwischen dem Mädchen und dem Trümmerfeld, führte eine Straße. Niemand war zu sehen. Die Kleine blickte den Weg hinauf, dann zurück zu den blühenden Gräsern. Wie sie reglos die zarten Sämlein unter dem glühendheißen Himmel stille hielten! Wie mit einem winzigen Pinsel, sorgfältig gegen das unendliche Blau getupft, so deutlich waren die kleinen Ähren zu erkennen.

Es war ein sehr kleines Mädchen. Es wartete an diesem heißen Tag auf die Mutter, die doch nie mehr kommen konnte. Nur eines von vielen Kindern, heimatlos und verlassen. Das Mädchen schloss die Augen. Die Hitze, der Hunger! „Was tut das Vögelein?" hatte es die Mutter gefragt. Sie waren eine Weile im Zuschauen versunken gewesen, wie der kleine Vogel voll Eifer um die blühenden Gräser schwirrte. „Vielleicht frisst es den Grassamen?" hatte die Mutter geantwortet. ‚Ich sollte doch probieren', dachte das Kind jetzt und öffnete die Augen wieder. Es schaute auf das blühende Gras, sehnsüchtig - doch es waren nur Grassamen! Da sang es wieder sein langes Lied, wartete und sang. Es war das unendliche Lied, der unendliche Augenblick vom Grassamen und der verlassenen Straße. Ein langer Weg...

Es dachte an die Kornfelder auf dem Lande. Die Großeltern wohnten dort. Viele Stunden waren die Mutter und das Mädchen immer mit der Eisenbahn gefahren. Diese Straße führte dort hin. Ja, die Kornfelder! Da konnten sie rote Mohnblumen pflücken, weiße Margeriten und viele blaue Kornblumen. Die Tanten hatten einen dicken Kranz geflochten und ihn auf den Kopf gesetzt. Auch das kleine Mädchen bekam einen.

Das Kind sang sein Lied, dachte an die Blumen, an Menschen, an Kornfelder, wartete auf die Mutter und schaute in den weiten Himmel. Es blickte den Vögeln nach, die hoch oben mit den Wolken flohen. Dann fuhr es den langen Weg. Es saß auf einem Wagen und dachte an die Mutter. Vielleicht wartete sie schon bei den Großeltern? So hatten die Frauen sie getröstet. Sie hatten das Mädchen auf den Wagen gehoben und gesagt: „Wie heißt du denn?" Die Kleine hatte nicht geantwortet. Sie hatte nur mit großen Augen geschaut. Nein, das Mädchen hatte keine Angst mehr, es konnte auch nicht mehr antworten und von allem berichten, was es erlebt hatte. Es sang nur noch, aber niemand hörte es. Es war das lautlose unendliche Lied....

„Vergissmeinnicht" hatte Wölfis Mutter sie getauft. Weil sie so blaue Augen hatte und da auf dem Trümmerfeld so einsam gesessen hatte. Nein, sie hatten sie nicht vergessen, diese Frauen. So saß das Mädchen mit den blonden Zöpfen und den Vergissmeinnichtaugen mit Wölfi auf dem Wagen, und sie fuhren alle einen langen und sehr holperigen Weg. Wie lange das dauerte, das wusste das Mädchen nicht. Es war ein heißer Sommer. Sie schliefen viele Nächte unter dem Himmel mit all seinen Sternen, mit dem Mond, der sich immer wieder veränderte und über ihnen wanderte. Und am Tage zogen sie wieder auf der Straße weiter. Dann saß sie wieder mit Wölfi zusammen und sang. Wölfi lächelte. Wölfi war älter als das Mädchen. Seine Mutter und er waren sehr dünn, die dunkle Haut spannte über Knochen und Finger. Sie schienen ganz große Hände und Füße zu haben. Die Beine sahen aus wie Stöcke, und die dunklen Augen sprangen fast aus dem Gesicht. So groß wirkten sie. Alle Frauen waren gut und sanft. Oft sangen sie, besonders abends, wenn der Himmel so ferne über ihnen war. Dann vergaßen alle den Hunger. Und das Kind sang lautlos mit.

So fuhren sie mit, Wölfi, der immer lächelte, und Vergissmeinnicht. Ja, der Junge lächelte. Nur wenn er auf der holprigen Straße gegen die Wände des Wagens schlug, dann sagte er: „Verzeihung!" Nichts als das Wort „Verzeihung!"

Immer dann, wenn neue Frauen und Kinder hinzukamen und erstaunt auf den lächelnden Jungen schauten, sagte seine Mutter freundlich: „Mein Kind sagt nur: Verzeihung! Wölfi hat im Lager den Verstand verloren".

Keiner lachte. Viele weinten dann nur, und oft sangen sie traurige Lieder oder erzählten von besseren Zeiten. Das Mädchen sang lautlos mit und lauschte dem Klang der Stimmen. Dabei erfuhr es von Gott, aber auch von schrecklichen Dingen, die Menschen einander angetan hatten. Ja, es war Grauenvolles geschehen. Alle waren ohne Verständnis für alles Leid. Wie hatte es so weit nur kommen können? So fragten sie sich immer wieder, und sie erzählten ihre unendlichen Geschichten vom Krieg, vom Grauen, von der Zerstörung. Dann weinte das Mädchen und Wölfi lächelte.

Schließlich kamen sie in eine Gegend ohne Ruinen. Da waren weite Getreidefelder! Die Frauen hatten ein neues

Zuhause erreicht. Das kleine Mädchen wusste aber noch immer nicht, wie es hieß, und wo es einmal hingehört hatte. Es hatte alles vergessen. „Wir nennen es Vergissmeinnicht", sagte Wölfis Mutter. Sie trugen es in ein Lager. Dort waren viele, viele Kinder. Große und kleine, sogar Babys. Die meisten waren krank, hatten ein Auge verloren oder waren blind. Dem einen fehlten Arme, dem anderen ein Bein. Eigentlich fehlte an jedem Kind etwas, auch wenn man es äußerlich nicht erkennen konnte. Wie bei dem Mädchen mit den blonden Zöpfen. Wie durch ein Wunder hatte es alles behalten, was zu einem gesunden Kind gehört. Nur die Sprache hatte es verloren. Nein, es konnte niemandem sagen, wie es nun wirklich hieß. Es wusste seinen Namen nicht mehr. Auch wäre es lieber bei Wölfi und seiner Mutter geblieben. Es weinte. Nur wenn es sein unendliches Lied sang, versiegten die Tränen.
Und eines Tages saß das Kind wieder auf einem Stein. Es schaute den ziehenden Wolken nach. Die Getreidefelder waren längst abgeerntet. Es war kalt, das Mädchen sang. Vögel kreisten und ließen sich vom Winde wiegen, und der Wind summte in den kahlen Ästen der Bäume. Das Mädchen schloss die Augen und dachte an die Grassamen, damals auf dem Trümmerfeld. Wie sie die Ähren in der Hitze zur verbrannten Erde geneigt hatten. Da plötzlich fiel dem Mädchen alles wieder ein. Es sagte laut: „Wölfi ... du heißt Wölfi...", und dann erzählte sie die Geschichten, alle, die sie von den Frauen gehört hatte. Sie saß lange, sprach, lauschte ihrer eigenen Stimme. Nun kannte sie auch ihren Namen und wusste sogar, wie die Eltern hießen, wo sie gelebt hatte und wie das Dorf hieß, in dem die Großeltern wohnten. Es war ganz nahe. Der Stein, auf dem sie saß und sprach, lag neben

einem Getreidefeld. Immer gerade aus, mit dem Finger über die Felder zeigen und noch ein wenig weiter auf der Straße, ja - da wartete sie schon lange auf das Kind. Grassamen waren es nur gewesen, auf einem Trümmerfeld, nachdem der böse Traum für alle Menschen unseres Landes ausgeträumt war.

Aber so oft das Mädchen in ihrem Leben blühende Gräser sieht, erinnert sie sich wieder daran. An das schreckliche Geschehnis, das über alle Menschen kam - auch über die, die an Gott glaubten und über schuldlose Kinder. Das Mädchen hat sich die Hoffnung bewahrt, dass auch nach gottloser Zeit von ganz alleine Samen auf eine zerstörte Erde wehen, anwachsen und wieder Samen tragen werden. Für alle Kinder dieser Erde.

SCHATTEN

145

Was *werden wir denn diesmal wieder sagen*
Wenn Gott lässt durch ihre Augen fragen
Warum nur, warum habt ihr uns verraten
Wir hörten leider nicht, dass sie uns baten!

Wohin denn kann ich ohne Schatten geh'n
Was fürcht' ich nur, wo will ich steh'n
Wenn alle der fremden Macht sich beugen
Nicht handeln, nicht vom Frieden zeugen

Wohin wird man aus Erdenmacht entlassen
Wenn wir uns erbarmungslos nur hassen
Weil wir uns der tragend' Kraft entzieh'n
Ja, wohin könnten wir dann noch flieh'n

SCHATTEN - TEXTE AUS DER LEIDENSGESCHICHTE
-wurden 1981 von Patientengruppen in Neustadt vorgelesen-

NACHWORT - *ohne viele Worte* möchte ich allen kleinen und großen Kindern danken, die mit ihren Worten und auch „handfest" geholfen haben, dass dieses Büchlein endlich doch noch erscheinen kann.

Heike Hagenmaier
Sierksdorf, Pfingsten 1995

Ich will auch im Jahr 2017 meinen Dank wiederholen.

Heike Hagenmaier